给孩子讲唐诗

方州　编著

中国华侨出版社
·北京·

图书在版编目 (CIP) 数据

给孩子讲唐诗 / 方州编著 . — 北京：中国华侨出
版社 , 2007.12（2024.1 重印）
　　ISBN 978-7-80222-509-1

　　Ⅰ . ①给… Ⅱ . ①方… Ⅲ . ①唐诗—儿童读物 Ⅳ .
① I222.742

　　中国版本图书馆 CIP 数据核字（2007）第 178616 号

给孩子讲唐诗

编　　著：方　州
责任编辑：刘晓燕
封面设计：朱晓艳
经　　销：新华书店
开　　本：710 mm×1000 mm　1/16 开　　印张：13　　字数：160 千字
印　　刷：三河市天润建兴印务有限公司
版　　次：2007 年 12 月第 1 版
印　　次：2024 年 1 月第 2 次印刷
书　　号：ISBN 978-7-80222-509-1
定　　价：49.80 元

中国华侨出版社　北京市朝阳区西坝河东里 77 号楼底商 5 号　邮编：100028
发 行 部：（010）64443051　　　传　真：64439708
网　　址：www.oveaschin.com　　E－mail：oveaschin@sina.com

如果发现印装质量问题，影响阅读，请与印刷厂联系调换。

前 言
Preface

　　唐诗是祖国文化中最灿烂的篇章，是我国优秀的文学遗产之一，也是世界文学宝库中的一颗璀璨的明珠。尽管离现在已有一千多年了，但唐诗中的许多诗篇还是广为传诵。

　　唐代的诗人特别多。李白、杜甫、白居易固然是世界闻名的伟大诗人，但除他们之外，还有其他无数诗人。他们的作品，保存在《全唐诗》中的也还有四万八千九百多首。唐诗的题材非常广泛。有的从侧面反映当时社会的阶级状况和阶级矛盾，揭露了封建社会的黑暗；有的歌颂正义战争，抒发爱国思想；有的描绘祖国河山的秀丽多娇；此外，还有抒写个人抱负和遭遇的，有表达儿女爱慕之情的，有诉说朋友交情、人生悲欢的，等等。总之从自然现象、政治动态、劳动生活、社会风习，直到个人感受，都逃不过诗人敏锐目光的捕捉，成为他们写作的题材。因此认识唐诗，了解唐诗，对追溯民族文化，传承民族文明和弘扬文化精神具有重要意义。

　　然而由于语言、时代的隔膜，今天的儿童对于传统中国文学的精粹缺乏应有的了解，许多家长和老师也疏忽了这方面的教育。为了能帮助儿童增进对中国传统优秀文化的了解，我们为家长和老师们编著了这本《给孩子讲唐诗》，以方便家长和老师们为孩子讲解。本书在体例设计上，除了诗歌本身内容、作者简介和赏析外，还辅以相关有趣的故事，以便于讲解时增加趣味性，从而加深对诗歌的理解。

我们希望通过本书，能够使唐诗成为我们的孩子成长、成材的良师益友。

目 录
Contents

趣闻篇

第 一 辑

文章合为时而著,歌诗合为事而作,艺术来源于生活,是现实生活在文人们笔下的反映。唐诗也不例外,每一首唐诗背后都有一个小小的故事,其中许多唐诗记录了一些有趣的事情,而有些诗歌的创作本身就是一段小小的奇闻逸事,本篇将为读者讲述唐诗背后那些鲜为人知的故事。

感悟篇

人生之无常，正如天地之苍茫。当我们人生中碰到各种境遇时，一定会发出许多感慨，或是感叹人生苦短，或是忧思古人，或是叹老嗟卑，或是意气风发、笑谈人生……人生虽然由许多具体内容组成，但是却有许多共通之处，让我们从唐诗里面领略一下古人的心得。

生活篇

唐诗中有许多诗歌记录了那个时代的生活百态，有归隐田园的悠然之乐，有科场进第的喜悦，有游历万水千山的逍遥，还有诗人们自身市井生活的写照……熟读唐诗可以走进历史，走进那个时代，走进诗人们的生活。

忧时篇

第四辑

自古文人多强项。虽说书生总以文弱的形象展示世人，可是他们却心系天下、胸怀国家、关注时局、忧国忧民。当朝政荒废，统治者贪图享乐时，他们会进良言劝谏；当国破家亡之时，他们会用自己的诗篇抒发世人的感伤；当遭遇外侮时，他们会发出同仇敌忾的抗战之声；当国事颓废之时，他们也会发出励精图治的呐喊；当民不聊生时，他们又会敞开博爱人道的胸怀。这就是文人，这就是书生，是用笔和纸抗争的战士。

爱情篇

第五辑

"春蚕到死丝方尽，蜡炬成灰泪始干"，割不断的是永恒的不了情，爱情是诗歌永恒的主题，唐诗自然也少不了：君情与妾意，各自东西流。长说上皇和泪教，月明南内更无人。今生已过也，愿结来生缘……这一首首诗篇共同谱写了荡人心魂的爱情交响曲。

友情篇

第六辑

现代文学巨匠鲁迅先生在赠别瞿秋白先生的诗文中曾说"人生得一知己足矣"意思是说，人的一生中只要有一个充分理解自己的真朋友就可以了。在艰难困苦之中，好友心灵深处的纽带会牢固地连在一起，患难相扶。文人是比较注重友谊的，唐诗中歌颂友谊的诗篇不胜枚举，在诗歌中可以清楚地看到诗人们那情浓于血的无私友情。

亲情篇

第七辑

古时，交通不便，无论是戍守边疆还是外出做官，一旦与家人离别，便很少有机会相见；若遇上时局动荡、战争连年不断，一别就是十几年或几十年，亲人们天各一方，杳无音信，说不尽的是永远的牵挂和担忧，道不完的是彼此的相思与怀念，而这些，在他们的诗歌中得到了真实的体现。

悲情篇

人生不如意者十常八九，有仕途的失败，也有人生的无奈，更多的是不满现状却又无能为力的忧愁和悲哀：天才少年王勃、李贺英年早逝；徒有报国之志的李白、杜甫抑郁终生也没有受到重用；还有孟浩然，因为一句无意写成的诗句得罪了皇帝，从此与仕途彻底绝缘，不得已过起了隐居田园的生活……这些种种的遗憾在诗人们的笔下化作了一曲曲悲歌。

杂咏篇

"玉桃偷得怜方朔，金屋修成贮阿娇"，诗人借用神话故事和历史典故，浮想联翩，穿越时空，写下怀古咏史诗。"冲天香阵透长安，满城尽带黄金甲"，诗人赏景观物，思绪涌动，付诸笔端，于是写下托物言志的诗。诗人的创作动机不同，写出的诗歌题材不同，凡此种种，不一而足，现选取几首，暂且名之为杂咏篇。

1

第一辑

趣闻篇

文章合为时而著，歌诗合为事而作，艺术来源于生活，是现实生活在文人们笔下的反映。唐诗也不例外，每一首唐诗背后都有一个小小的故事，其中许多唐诗记录了一些有趣的事情，而有些诗歌的创作本身就是一段小小的奇闻逸事，本篇将为读者讲述唐诗背后那些鲜为人知的故事。

公主府里的弹琴人

山居秋暝①

王维

空山新雨后，天气晚来秋。
明月松间照，清泉石上流。
竹喧归浣女，莲动下渔舟。
随意春芳歇，王孙自可留。

注释

①暝：日落，天黑。

译文注释

　　新雨过后的空旷山谷里，正是晚秋的天气，月光透过松林照在地上，这里有清澈的泉水从石间欢快地流过。这时竹林间传来了喧闹声，原来是洗衣裳的妇女们回来了。水面上的荷花在摇动，渔船轻轻地顺流而下，在这样的季节里，虽然不像春天那样繁花似锦，但清幽美妙的山景更使人们流连忘返啊！

背景故事

　　王维是唐代杰出画家、诗人，字摩诘，原籍太原祁（今山西祁县境内）人，后迁居蒲州（今山西永济），遂为河东人。工诗善书，尤以画名，开元进士，官至尚书右丞，故人称"王右丞"。其作品魄力雄大，他改变古代的钩斫画法，创渲淡的破墨法。宋苏东坡曾说："味摩诘之诗，诗中有画，观摩诘之画，画中有诗。"王维 20 岁时就已经很有名气。他学识渊博，不仅在诗文上很有研究，对音乐、绘画也是颇有造诣，而且弹得一手好琵琶。在京城长安，王维经常结交一些当时有名的学者及民间艺人。唐玄宗的弟弟岐王李范也爱好诗文和音乐，十分钦佩王维的才华，所以他们成了很好的朋友。

　　这天，王维对岐王说："我将要参加进士应考，你看我能不能考第一名？"

　　岐王摇摇头，告诉了他一个不为人知的消息："读书人张九皋（gāo）在朝野中名声很好，况且又托熟人跑关系，大概会考取第一名。"

　　王维很不服气，他不屑一顾地说："只要他托的人不是主考官，就对我构不成威胁，他的诗文我读过，其对诗词的造诣不会在我之上。"

　　岐王说："他找的可是当朝公主啊，公主已经给主考官写了一封信要求取他为第一名。"王维有些无奈地问："那如何是好？"

　　岐王劝他说："公主现在在朝廷的影响力很大，如果硬争的话是不会有好结果的。这样吧，你按照我的方法去做，看有没有机会。公主喜欢吟诗作赋的才子，你回去准备几首比较好的诗文，再谱一首优美的琵琶曲，三日后到我府中来见我。"三日后，王维按照规定的时间来见岐王。岐王说："今天公主府里举行歌舞大会，宴请了许多达官士人，你要想有机会接近公主展示自己的才华，赢得公主的欢心，就必须先打扮一下。"

　　王维说："一切都听你的。"

　　于是经过一番打扮，王维由一个书生变成了一个演奏琵琶的伶人，随后以伶人的身份跟随岐王来到公主府参加宴会。宴会上，王维站在了演奏人员的最前面，他一股书生气，又长得年轻英俊，很快吸引了大家的注意。当所有宾客都在欢饮时，公主看着这位英俊的艺人说："还是让伶人弹奏一首曲子让大家欣赏吧！"

其实公主也早已经就注意到了眉清目秀的王维，便对身边的岐王说："前面的年轻人会奏什么乐曲？"

岐王回答说："是我带来的年轻艺人，此人琵琶弹得堪称一绝。"

公主表现出了惊讶的眼神，对王维说："先为客人奏上一曲琵琶曲吧！"

王维知道自己表现的机会来了，他坐在椅子上，开始弹奏他最拿手的那首新编的曲子，顿时悠扬的琵琶声让众人陶醉。低沉时像淙淙的流水，高昂时如疾风暴雨。一曲演奏完，满屋的人仍然沉浸在优美的音乐声中，公主更是喜出望外，迫不及待地问岐王："这位年轻的艺人叫什么名字？他的琵琶弹得太好了。"

岐王趁机夸奖说："此人名叫王维，他不仅弹得一手好琵琶，还擅长绘画，诗文写得更是天下无双。"

公主忙问："有诗文吗？快些拿出来让大家欣赏一下。"

王维便拿出了自己的得意之作《山居秋暝》献给了公主，公主看后大吃一惊，然后情不自禁地大声读了起来。

这首《山居秋暝》的题目，简洁地指明了这首诗所写的地点与时间。山居之景，秋暝时分。

首联"空山新雨后，天气晚来秋。"形容林木茂密又无人的一种空旷情景，一个"空"字，强调了山中远离人间喧嚣的幽静。在一个秋天的傍晚，刚刚下过一场小雨。"新雨后"、"晚来秋"这平淡的几个字，给人带来一种清新、凉爽的感觉。"后""秋"两个拖音字相对，读来语气舒缓，表现出了诗人悠闲自在的心境。

颔联是流传至今的一句名句。"明月松间照，清泉石上流。"被小雨浇过后的松林是那么的清新，皎洁的月光从茂密的松林缝隙中照射进来，清澈的泉水从光滑的岩石上静静淌过，泉水映着月色，发出银亮的光。这是一幅多么优美的画卷啊。此联写月光如水，是写"静"；写清泉流淌，是写"动"。动静结合，这两句塑造了一个明净超脱的意境。

接下来的两句写山中人们的生活。"竹喧归浣女，莲动下渔舟。"这两句从视觉、听觉两方面进行描写，使诗中的形象更加逼真，更富有生气。这一联先写果后写因，利用人们的期待效应，制造了一个恍然大悟的效果。"归"和"下"字原本应分别放在"浣女"和"渔舟"之后，但是诗人有意将它们倒装，不仅使这一联音韵和谐，而且突出了几分动感。

雨后的空山是那样清新高洁，山中的人们是那样安逸自在，诗人顿感找到了一个世外桃源，他忍不住抒发自己的情感："随意春芳歇，王孙自可留。"这句诗化用了《楚辞·招隐士》的典故，并反用其意，含蓄地将自己留恋山林的心情表达出来。此诗不仅写出秋日傍晚雨后山中的美景，而且也流露出诗人自己领受这种佳景的愉快和对山林生活的依恋。

满屋的人听完这首诗后都发出了赞叹声。

公主似乎有些意外："我经常阅读这首《山居秋暝》，总以为是古人的作品，真没想到是眼前这位少年所作。"

岐王乘机对公主说："如果他参加今年的长安应试，肯定能考取第一名，这样有才华的人日后必成国家栋梁，如今被公主发现，真是我朝有福啊。"

公主点头说："如此有才之人，不参加今年的应考就可惜了。"

岐王又说："但是他发誓，要考就考第一名，否则就不参加今年的应试，我听别人说公主已经向主考官推荐张九皋为第一名。"

公主解释说："这不是我的推荐，只是有人向我提议而已，我对张九皋也不是很了解，不过如果王维能参加今年的进士考试，我肯定会推荐他。"

岐王对王维说："还不拜谢公主的知遇之恩。"

王维忙站起来向公主致谢。

后来公主又举行了一次宴会，这次专门将考官们召来，让他们与王维相见，并进行推荐。王维又在考官们面前展示了几首好诗，得到他们的普遍赞扬，在进士考试时，王维果真考取了第一名。

让诗仙自愧不如的诗歌

黄鹤楼

崔颢（hào）

昔人已乘黄鹤去，此地空余黄鹤楼。①
黄鹤一去不复返，白云千载空悠悠。
晴川历历汉阳树，芳草萋萋鹦鹉洲。②
日暮乡关何处是？烟波江上使人愁！③

注释

①黄鹤楼：位于湖北武汉武昌蛇山黄鹤矶上。相传古代仙人子安乘黄鹤经过这里，又传仙人费祎（yī）曾在此驾鹤登仙。②汉阳：武汉三镇之一。鹦鹉洲：位于武昌城西南的长江中。③乡关：故乡。

译文注释

　　仙人已经驾着黄鹤飞去，此地只留下一座空空的黄鹤楼。黄鹤飞去再也不复返，千百年来只有白云在上空飘游。晴明里可清楚地看见汉阳的绿树，芳草茂盛遮盖了鹦鹉洲。天已傍晚，哪里是我的故乡？望着这烟雾迷茫的江面，真叫人发愁。

背景故事

　　崔颢，汴州人（今河南开封）。开元十一年（公元723年）进士，天宝中期任司勋员外郎。在当时即享有盛名，与王昌龄、高适、孟浩然、王维等人诗名相当。早期诗浮艳轻薄，后曾在河东军幕中任职，诗风变得雄浑奔放。关于这首诗，有一段有趣的故事。李白42岁的时候，曾经奉召入长安，并被封为翰林学士。在长安当了三年狂放的御用文人之后，于天宝三年（公元744年）年初离开长安，开始了十年漫游生活。

　　这年四月，他来到武昌。他早知道武昌有一座楼，雄伟壮观，而且，关于这座楼还有一个美丽的传说。传说有一个叫费祎的人曾经骑着黄鹤从这里飞走，所以才有了这个名字。李白原本就对神仙道士之类的事情感兴趣。他来到武昌，当然一定要见见这座传说里很神奇的建筑了，而且他还暗暗下决心要好好写一首诗歌咏黄鹤楼呢！

　　这里的文人墨客及地方官员，早听说过李白的大名，商量好请李白到黄鹤楼一聚。

　　这黄鹤楼在蛇山的黄鹤矶上，是江南的名楼，为三国时吴国的国君孙权所建。凡是到江汉一带的文人，没有不登黄鹤楼看壮丽的长江景色的。

　　这宴会开得热闹非凡，诗人墨客因为有李白在场也格外兴奋。痛饮一番之后，朋友们请李白赋诗，李白也毫不推辞。等到亲眼看见气势恢宏的黄鹤楼，李白的心顿时激动了起来。他登上楼的最高层，眼望浩瀚的长江，不禁诗兴大发，一面来回踱着步子，一面构思着，正当好句子就要出现的时候，他看到了墙上的一首诗，那就是汴州人崔颢前不久题写的那首七律《黄鹤楼》。

黄鹤楼是登临游览的胜地，崔颢题诗表达了吊古怀乡之情。

前四句写登临怀古。昔日的仙人已乘黄鹤离开了，此地只空余这座黄鹤楼，黄鹤一去不再回来，朗朗碧空千百年来只有白云悠悠。一座历史悠久的古楼，一段美丽的神话传说，几分繁华与热闹逝去后的失落与惆怅。诗人围绕黄鹤楼的由来反复吟唱，似脱口道出，语言俗白，却一气呵成，文势贯通。一座空空的黄鹤楼因而呈现出深厚的文化底蕴，一次寻常的登临化为追古抚今的慨叹，白云千载，遐心悠悠。

后四句写站在黄鹤楼上的所见所思。眼前美景如画，内心乡愁难抑。"晴川历历汉阳树，芳草萋萋鹦鹉洲"是形象而直观的描绘：晴朗的大地，远方汉阳的绿树历历在目；鹦鹉洲上，萋萋芳草如茵。开阔的视野，生机勃勃的风光，作为远景衬托出黄鹤楼远眺汉阳、俯瞰长江的挺拔气势。"日暮乡关何处是？烟波江上使人愁"即景生情，薄暮的柔美与思乡的幽怨交织在一起：黄昏的雾霭悄悄地在江心聚集，乡愁也在诗人的心中涌起；江面水汽氤氲，乡愁依附在缥缈的烟波中。日暮烟波与悠悠白云相照应，形成一个悠远渺茫的意境。

李白看了，连连称赞："好诗！好诗！"接着，长叹一声，把笔放下了，向大家吟了两句诗：

眼前有景道不得，

崔颢题诗在上头。

意思是：因为崔颢把黄鹤楼的景色写得绝好，已经让我无法再写了。

有了大诗人李白的这句话，崔颢的《黄鹤楼》就更加有名了。连李白都承认这是首好诗，那么，歌咏"黄鹤楼"的作品里，自然就数它最出色了。

崔颢的《黄鹤楼》先从楼的命名之由来着想，借传说落笔，然后生发开去。仙人乘骑着黄鹤，本来就是虚无，现在以无作有，说它"一去不复返"，就有了岁月不再，古人难寻的遗憾。仙人走了，剩下一座空楼，更加上天际白云悠悠，正能表现世事苍茫的感慨。诗人几笔就写出了那个时代登黄鹤楼的人们常有的感受，诗歌气概苍茫，感情真挚。在艺术手法上也出神入化，因而取得了极大成功。这样一来，武昌的黄鹤楼也就更加有名了，直到今天，它也还是一处吸引游客的旅游胜地呢！

李白在黄鹤楼上因看到崔颢题的诗而放弃了题咏黄鹤楼后，顺江而下，到了著名的城市金陵（现在江苏省南京市）。早听朋友们说，金陵有许多古迹名胜，而最有名的是凤凰台。所以李白直奔凤凰台而去。当时李白也正是失意的时候，心中抑郁悲愤。身在旧朝古都，登台远眺，想那繁华尽随长江浩浩荡荡向东奔流而去了。他不禁想起了在黄鹤楼上看到的景色和崔颢题的诗。于是，兴之所至，便仿照崔颢《黄鹤楼》的体式韵律，又题写了一首七律，名为《登金陵凤凰台》。

登金陵凤凰台

凤凰台上凤凰游，凤去楼空江自流。

吴宫花草埋幽径，晋代衣冠成古丘。

三山半落青天外，二水中分白鹭洲。

总为浮云能蔽日，长安不见使人愁。

这首诗便和崔颢的《黄鹤楼》成了呼应的作品。不但受崔诗影响，而且特意用了崔诗的韵脚。不过李白在因袭的基础上有自己的创造。即使只对比诗歌的尾联，我们也可以发现二者的相似与不同之处。崔颢的《黄鹤楼》抒发了诗人深感世事茫茫，家乡遥远的伤感情怀，李白的《登金陵凤凰台》则抒发了自己想要在政治上有所作为，但又深觉"浮云蔽日"、报国无门的忧愁。

旗亭画壁

出塞①
王之涣

黄河远上白云间，一片孤城万仞山。②
羌笛何须怨杨柳，春风不度玉门关。③

注释

①诗题一作《凉州词》，唐代乐府曲名。②远上：远远直上。孤城：指凉州城，在今甘肃省武威县。仞：长度单位，一仞为八尺。③羌笛：我国西北部少数民族羌族的一种乐器。杨柳：指北朝乐府《折杨柳歌辞》。春风：比喻朝廷的关心。玉门关：在今甘肃省敦煌西，是当时凉州最西境。

译文注释

咆哮奔腾的黄河，它的源头远在天边与白云相连接。白云下，一座孤城紧紧依偎着万丈高山，那羌笛为何吹出了哀怨的乐曲《折杨柳歌辞》来引起边防将士的离情别愁？春风无限好，但还没有来到这荒凉寂寞的玉门关，就像朝廷的恩惠还没有关照到这些戍边士卒们。

背景故事

王之涣，并州人。天宝年间，与王昌龄、崔国辅、郑昉联唱迭和，名动一时。其诗用词十分朴实，然造境极为深远，令人裹身诗中，回味无穷。诗六首，其中《登鹳雀楼》、《凉州词二首》（其一）和《送别》三首皆著名。

诗中的"欲穷千里目，更上一层楼"和"黄河远上白云间，一片孤城万仞山"都是流传千古的佳句，也正是这两首诗给诗人赢得了百世流芳。唐朝的时候，诗和歌是紧密联系在一起的。诗人的好作品，很快就会通过歌者的口流传开来。

唐代开元年间的一天，王之涣同王昌龄、高适在一个叫旗亭的酒楼饮酒。三位诗人正海阔天空兴致勃勃地谈论着，突然被楼外热热闹闹的嬉笑声打断。这时，十多个皇家梨园的乐工和歌女走进门来，他们要酒要菜，摆设筵席，占据了半个酒店，整个屋里顿时热闹非凡。歌女们饮酒高歌，乐工们乐器相伴。

三位诗人的作品经常被乐工谱成曲子，由歌女们来吟唱，于是他们三个人约定："看她们唱的歌词，是咱们谁写的，自己在墙上画记号下来。"因为这几个人在当时诗坛上都很有名气，也没有人去为他们分出高低，排出名次。王昌龄悄悄地对两人说："我们都闻名诗坛，平日间难以自定高低，今天可是个大好的机会，大家都听听歌女们的演唱，她们到底先唱谁的，谁的诗篇被谱的乐曲多，歌女们唱的多，就算谁优胜。"

"好！"王昌龄、高适都赞同。

不多时，一位歌女随着乐曲唱道："寒雨连江夜入吴……"这是王昌龄的作品，他高兴地说："此乃一绝！"急忙在墙壁上画了一个记号。

唱毕，另一位歌女又接着唱道："开箧泪沾臆……"高适也兴奋地喊了一声："一绝句！"也在墙壁上画了一记号。

第三位歌女又开口了："奉帚平明金殿开……"王昌龄兴奋地又画了一个记号，并高声贺道："二绝句！"

王之涣平日里很自负，认为自己早已成名，现在见歌女们都没唱他的诗，心里有些不高兴。于是他稳了稳坐姿，清了清嗓子对身边的王昌龄和高适说："这几个都是普通的歌女，她们只会唱'下里巴人'的通俗诗文，可有些'阳春白雪'的高雅文章她们都不敢唱，只有高级的歌女才配唱我写的诗！"

他指着歌女中一位最年轻最貌美、梳着双鬟的女伶说："女伶中只有她才配唱我的诗。她要是不唱我的诗，我就甘拜下风，并且一辈子也不赴宴饮酒了。"话音刚落，就听这歌女唱道："黄河远上白云间，一片孤城万仞山，羌笛何须怨杨柳，春风不度玉门关。"

这正是王之涣的得意之作《出塞》。他听了，转头对两位诗人说："我不骗你们吧，'下里巴人'是唱不好我的诗文的。"一句话说得大家哈哈大笑。

这首诗的前两句描写古代凉州一带荒凉辽阔的景象。诗人先用镜头摄取远景：黄河汹涌澎湃、波浪滔滔，奔流入海，如自下而上、由近及远地眺望，它却像一条洁白的丝带逶迤飞上云端。诗人的视觉与黄河的流向相反，突出了黄河的源远流长，也展示了边地广袤壮阔的风光，重在表现黄河的静态美。接着诗人又摄取具立体感的近景：征戍士兵居住的城堡孤独地屹立在高山环抱之中。用远川高山反衬玉门关地势险要、处境孤危。孤城是单薄、狭小的，而高山却是万仞的，以数量和体积极不相称的两件事物，形成鲜明对比，造成一种心理上的压力，这也是诗人巧妙组合文字的功用。

后两句借凄凉幽婉的笛声，表达诗人对这种景象的感想。以问语转出浓郁的诗意，羌笛之声吹出了戍守者处境的孤危和强烈的怨恨。羌笛演奏的是《折杨柳》曲调，而折柳赠别在唐代最盛，诗与离别便有了比较直接的关系，即《折杨柳》笛曲触动了人们的离愁别恨。不说"闻折柳"却说"怨杨柳"，用词非常精心，并能引发更多的联想，深化诗意。戍守者自知，天高皇帝远，朝廷的关心本来是不会来到玉门关的，这才有了玉门关外处境的孤危和环境的恶劣，这才有了杨柳不青和离人想要折杨柳寄情而不能的残酷现实。"何须怨"一语，深沉含蓄，传达出戍守者在乡愁难禁时意识到卫国戍边责任的重大，才能如此自我安慰。

少年展诗才

草①

白居易

离离原上草，一岁一枯荣。②

野火烧不尽，春风吹又生。③

远芳侵古道，晴翠接荒城。④

又送王孙去，萋萋满别情。⑤

注释

①诗题又作《赋得古原草送别》。②离离：形容春草茂密的样子。③尽：完，死。④远芳：远方的芳草。侵：蔓延。晴翠：芳草在阳光照射下呈现一片翠绿的颜色。⑤王孙：此借远游的人。本指贵族子弟。萋萋：形容草盛的样子。

译文注释

多么茂盛的原上草啊，春天繁茂，秋天枯萎，岁岁循环不已。野火虽将那大片枯草烧得精光，一旦春风化雨，野草的生命便会复苏，以迅速的长势重新铺盖大地。虽然古道城荒，但青草的滋生却使它恢复了青春，一片生机勃勃！行路人看见萋萋芳草而想起了离愁别苦，似乎这每一片草叶都饱含别情。

背景故事

白居易，字乐天，号香山居士。祖籍太原（今属山西），到了其曾祖父时，又迁居下邽（今陕西渭南北）。白居易的祖父白湟曾任巩县（河南巩义）县令，与当时的新郑（属河南）县令是好友。白居易生于唐代宗大历七年（公元772年）正月二十日，武宗会昌六年（公元846年）八月卒于洛阳（属河南），享年75岁。他在文学上积极倡导新乐府运动，主张文章合为时而著，诗歌合为事而作，写下了不少感叹时世、反映人民疾苦的诗篇，对后世颇有影响。是我国文学史上相当重要的诗人。唐朝贞元三年（公元787年）早春时节，年仅16岁的白居易来到繁华的京城长安。高大华丽的楼台亭阁，热闹非凡的大街，熙熙攘攘的人群都令他应接不暇。但他没有心思去观赏这都市的风光，只是逢人便打听诗人顾况的住所。顾况是当时京都名士，又是朝廷上的著作郎，也是诗人们当时崇拜的偶像。经过多方打听，中午时分，他终于找到了顾况的家。见到了这位白发苍苍、大名鼎鼎的诗人，走上前去恭恭敬敬地行礼，并把一卷诗稿送上请老诗人指教。顾况打开诗卷，见上面工整地书写着"白居易"三个字。便仔细打量这位闯进来的少年郎，他将了将胡须问道："少年年方几何？"

白居易忙回答："16岁。"

老诗人又问："祖籍何处？"

"太原。"

老诗人又笑了笑："这么说，你是从太原而来。"

"不，祖籍太原，寄居江南，我是从江南而来。"

顾况第一次听到"白居易"这个年轻人的名字，又打量了白居易一番，就跟他开玩笑："现在，长安米价正贵，在这里'居'住，可不'易'呵！"意思大概是：倘若没有多大的文才，在长安待下来，怕连肚子都难以填饱呢！

这虽然是打趣的话，但确是老人的肺腑之言。这些年来，到京都长安他府中拜访、求教的人很多很多，可是能有几个在长安立足的？但初到长安的白居易不懂老诗人此话的含义，他站在那里拘束得很，时间一长便更加惶恐不安。这时，老诗人顾况慢慢地打开了白居易送上的诗文，仔细看了看，然后眼睛一亮，发现了白居易的那首佳作《草》，便立刻被这首精致的小诗吸引了。

这首诗以春草起兴，想象独特，巧妙地把眼前春色与离别之情融为一体。通过草的枯荣、绵延伸展、顽强生命力的抒写，充分表达了坚韧不拔、顽强奋斗、坚定美好生活信念的人生勉励。

一、二句从青草具有顽强生命力的特点着笔，原野上的青草多茂密，一年一度枯萎了又繁荣，年年岁岁依旧。"枯荣"二字极为讲究，先"枯"后"荣"表明是春草，先"荣"后"枯"表明是秋草。三、四句含义深刻，"野火烧不尽，春风吹又生"，极有气势，以浅近的语言，道出深刻的哲理，成为千古绝唱。诗人将野草的生生不已与人事的枯荣代谢相对照，告诉人们具有坚强意志和生命活力的人是任何势力也摧毁不了的。野火燎原被烧得精光，一旦春风化雨又会复苏。五、六句从青草死而复生的顽强生命力，写到眼前的春天正是芳草遍地。远处的芳草满野连古道，晴日下一片翠绿接荒城。"侵"、"接"二字承"又生"，更写出蔓延扩展之不可抵挡，表明青草再生后比从前生命力更旺盛，长势更好，发展更快。七、八句点明"送别"，安排了一个送别的画面：大地回春，芳草青青的古原景象如此迷人，而送别就在这样的背景下进行，那是多么令人惆怅、难舍难分呵！青青草儿也人性化地满怀离别情，特别茂密地列队目送着远行的人。诗人匠心独运，"草"与"送别"自然浑成。

"好诗！好诗！"老诗人顾况看后兴奋地大声叹道。他对白居易大加赞赏：

"能做出这样的好诗，在长安'居'住有什么难的呵？我刚才的话，不过是跟你开个玩笑。"

白居易从小受到良好的教育，5岁时学写诗，8岁时已懂得声韵，因此16岁能写出这般好诗一点也不奇怪。少年白居易的这首诗，以生动的语言形象地写出了野草顽强的生命力。可以看出，少年白居易通过歌咏野草，表现了他一种奋斗不息的信念，一种顽强生存的精神，难怪老诗人顾况这样情不自禁地大声称赞了。从此，顾况便经常对人赞扬白居易的诗才，少年白居易也虚心好学，经常向老诗人求教。从此，白居易诗名大震，轰动长安。他在这里"居"住下来，确实不难了。举个例子来说，每到夏天，长安十分炎热，需用冰雪降温，冰雪不但价钱昂贵，而且极难买到。由于白居易在文坛上享有盛名，他的诗，老百姓又都看得懂，因此，白居易若是需要冰雪，可以成筐成筐地拿走，价钱也由他看着给，卖冰者并不讨价还价，差不多天天如此。白居易不仅在长安得以立足，而且诗文也很有名气，写出了许多流传千古的诗篇。

叩拜一字师

早梅

齐己

万木冻欲折，孤根暖独回。①
前村深雪里，昨夜一枝开。

风递幽香出，②禽窥素艳来。

明年如应律，③先发望春台。

注释

①孤根：指梅树。回：恢复生机，指萌芽含蕾。②递：传送。幽香：清幽淡雅的香味。窥：偷看。素艳：从素朴淡雅中显出的鲜艳美丽。③应律：与岁时节令相符。映春台：此处泛指南面向阳的小山坡。

译文注释

万木经受不住严寒的侵袭，枝干将被摧折。梅树的孤根却吸取地下的暖气，恢复了生气。在前村的深雪里，昨夜有一枝梅花凌寒独开。它的幽香随风飘散，一只鸟儿惊异地看着这枝素艳的早梅。我想寄语梅花，如果明年按时开花，请先开到望春台来。

背景故事

齐己是长沙人，家贫，靠为人放牛过活。因为好学用功，大沩寺的方丈喜欢他，就收留他住在寺里。他喜欢写诗，也喜欢评诗，《全唐诗》里收录了他八百多首诗。人们把给别人诗文改动一个字、又改得非常好的人，叫做"一字师"，这一典故就是起源于齐己这首诗的一段故事。

有一年冬天，早晨的时候，山野雪霁，晴日当空。景色非常美丽。齐己走出寺外，看到梅花怒放在寒雪中，散发着淡淡的幽香，还有几只小鸟飞来，围在梅花旁边好像唱歌一样叫着。痴立许久以后，他有了灵感，就写了这首《早梅》。

这是一首咏物诗。全诗语言轻润平淡毫无浮艳之气，以含蓄的笔触刻画了梅花傲寒的品性及素艳的风韵，创作了一种高远的境界，寄托了自己的理想，意蕴深刻。

首联即以对比的手法，描写梅花不畏严寒的秉性。"万木冻欲折，孤根暖独回"，是将梅花与"万木"相对照：在严寒的季节里，万木经受不住寒气的侵袭，简直要枝干摧折了，而梅树却像凝地下暖气于根茎，回复了生意。"冻欲折"说法略带夸张。然而正是万木凋摧之甚，才更有力地反衬出梅花"孤根独暖"的性格，同时又照应了诗题"早梅"。

第二联"前村深雪里，昨夜一枝开"，用字虽然平淡无奇，却很耐咀嚼。诗人以山村野外一片皑皑深雪，作为孤梅独放的背景，描摹出十分奇特的景象。"一枝开"是诗的画龙点睛之笔：梅花开于百花之前，是谓"早"；而这"一枝"又先于众梅，悄然"早"开，更显出此梅不同寻常。此联像是描绘了一幅十分清丽的雪中梅花图：雪掩孤村，苔枝缀玉，那景象能给人以丰富的美的感受。"昨夜"二字，又透露出诗人因突然发现这奇丽景象而产生的惊喜之情；肯定地说"昨夜"开，说明昨日日间犹未见到，又暗点诗人的每日关心，给读者以强烈的感染力。

第三联"风递幽香出，禽窥素艳来"，侧重写梅花的姿色和风韵。此联对仗精致工稳。"递"字，是说梅花内蕴幽香，随风轻轻四溢；而"窥"字，是着眼梅花的素艳外貌，形象地描绘了禽鸟发现素雅芳洁的早梅时那种惊奇的情态。鸟犬如此，早梅给人们带来的诧异和惊喜就益发见于言外。以上三联的描写，由远及近，由虚而实。第一联虚拟，第二联突出"一枝"，第三联对"一枝"进行形象的刻画，写来很有层次。

末联语意双关，感慨深沉："明年如应律，先发望春台。"此联字面意思不难理解。然而咏物诗多有诗人思想感情的寄托。这里"望春台"既指京城，又似有"望春"的含义。齐己早年曾热心于功名仕进，是颇有雄心抱负的。然而科举失利，不为他人所赏识，故时有怀才不遇之慨。"前村深雪里，昨夜一枝开"，正是这种心境的写照。自己处于山村野外，只有"风"、

"禽"作伴，但犹自"孤根独暖"，颇有点孤芳自赏的意味。又因其内怀"幽香"、外呈"素艳"，所以，他不甘于前村深雪"寂寞开无主"的境遇，而是满怀希望：明年（他年）应时而发，在望春台上独占鳌头。辞意充满着自信。

写完后齐己自己十分满意，就拿去给好朋友郑谷看，郑谷在当时也是一位有名的诗人，人们对他的评价很高。郑谷拿起朋友的诗，半天没有说话，齐己就有点急了。

斟酌沉吟半天，郑谷开口道："诗是好诗，但只需再改一个字，就是一首难得的好诗了。"

郑谷指了指他的两句诗：

前村深雪里，

昨夜数枝开。

然后说："'数枝'并不能表示早，改为'一枝'就很好了。"齐己听了，深深作揖，说："善哉善哉！"

这首诗的立意在于"早"：一场大雪过后，万物被积雪所盖，唯见一枝坚毅的梅花蓓蕾初放。"一"在此表示少，但突出的却是"早"，而"一枝开"也能使人联想到即将出现的"昂首怒放花万朵"，其中蕴含地对梅花顽强生命力的赞颂又自在言外。"一"字妙用，切合了"早梅"的立意，在全诗中起到了画龙点睛的作用。

郑谷只改一字，而诗歌的意味就大为深化，这首诗因此就更加出名了，后人都称郑谷为齐己的"一字师"呢。

井栏砂盗贼夜索诗

井栏砂宿遇夜客

李涉

暮雨潇潇江上村，^①绿林豪客夜知闻。^②

他时不用逃名姓，^③世上如今半是君。

注释

①江上村：即诗人夜宿的皖口小村井栏砂；②知闻：即"久闻诗名"；③逃姓名：即"逃名"、避声名而不居，指隐姓埋名。

译文注释

傍晚，在潇潇雨声中去井栏砂小村投宿，夜里遇到了久闻我诗名的绿林好汉。今后我不用隐名埋姓了，因为如今世上有那么多的绿林好汉。

背景故事

李涉，洛阳人。最初和弟弟李渤一同隐居在庐山。公元806年以后出来做官，后来被贬，经常写诗鸣愤不平。对于他的这首诗，有关史料上曾记载着一个有趣的故事。

这年春天，洛阳才子李涉外出游览。晚上，船行至皖口（安徽省安庆市），这里是皖水流入长江的入口处。李涉见暮霭沉沉，天空又飘起绵绵细雨，便吩咐船家将船靠岸，在附近一个叫井栏砂的小村夜宿。

夜深了，雨渐渐停了下来，江面雾气茫茫。这时十几个黑影来到岸边把小船围住了，几个江湖豪客拔出大刀跳上船厉声喝道："船上都是些什么人？快回话！"

李涉同仆人急急忙忙地爬起来，听到外边的动静，仆人战战兢兢地说："公子，是不是遇见盗贼了？"

李涉镇静地说："快回话，听听他们是些什么人？"

外面又喊道："快出来！不然我们就要烧船了！"

李涉仆人这才哆哆嗦嗦地说："船上是太学博士李涉。"

盗贼的头头将刀收回，口气也缓和下来说道："噢，原来是李涉博士，他是读书人，我们不会抢他的东西。我们早就听说他的诗文写得很好，作一首诗给我们，弟兄们就满足了。"

李涉虽知书达理，但年轻时在军队中当过幕僚，学过兵法，是个见过世面的人，并不怕强盗。在强盗们与仆人说话间，他便早已穿好衣衫撩开门帘走了出来。

盗贼头目马上喊道："都给我站好，放下手里的兵器，请李博士赏脸，给我们赋诗一首，也算兄弟们不白来此一趟，"李涉心里直嘀咕，这帮强盗也怪，不抢东西不伤人，他们一定不是图财害命的强盗，而是一帮杀富济贫的绿林好汉。他从容地走下船，站在岸边对他们说："今夜同各位好汉萍水相逢，但一听语气便知你们是一群绿林豪客，只因为你们被官府欺压，吃不饱饭才不得不起来造反。"

一席话说到了这群盗贼的心里，他们默默地听着这位读书人的讲话。

李涉停顿一下又说："粮食都是老百姓的血汗，可贵族老爷们却花天酒地，不顾穷苦百姓的死活。我李涉本来打算隐姓埋名，现在看来不用了，因为连你们这群豪客都知道我的姓名，这说明世上有一半的人和你们诸位是一样的了。"

"快请李博士作诗。"豪客们异口同声地喊道。

李涉思索了片刻，触景生情，然后脱口吟出一首《井栏砂宿遇夜客》。

这首诗前两句用轻松抒情的笔调叙事。"江上树"，即诗人夜宿的皖口小村井栏砂；"知闻"，即"久闻诗名"。风高放火，月黑杀人，这似乎是"遇盗"的典型环境；此处却不经意地点染出在潇潇暮雨笼罩下一片宁静的江村。环境气氛既富诗意，人物面貌也不狰狞可怖，这从称对方为"绿林豪客"自可看出。看来诗人是带着安然的诗意感受来吟咏这场饶有趣味的奇遇的。"夜知闻"，既流露出对自己诗名闻于绿林的喜悦，也包含着对爱好风雅、尊重诗人的"绿林豪客"的欣赏。环境气氛与"绿林豪客"的不协调，他们的"职业"与"爱好"的不统一，本身就构成一种耐人寻味的幽默。它直接来自活生生的现实，所以信口说出，自含清新的意味。后两句即事抒感。"逃名姓"即"逃名"，但这里所谓"不用逃名姓"云云，则是对上文"夜知闻"的一种反驳，是诙谐幽默之词，意思是说，我本打算将来隐居避世，逃名于天地间，看来也不必了，因为连你们这些绿林豪客都知道我的姓名，更何况"世上如今半是君"呢？

表面上看，这里不过用诙谐的口吻对绿林豪客的久闻其诗名这件事表露了由衷的欣喜与赞赏（你们弄得我连逃名姓也逃不成了），但脱口而出的"世上如今半是君"这句诗，却有意无意之间表达了他对现实的感受与认识。

诗的后两句说得幽默风趣，表现了诗人对当时社会现实的不满，并隐含着对绿林豪客的同情和称赞，因为他们都是穷苦的百姓出身。豪客们基本上听懂了诗中的含义，大家都非常高兴。头目说："快请李博士到我们船上去，拿出好酒好菜，我们痛饮一番。"他们饮酒谈天，都很兴奋，一直到东方露出了曙光才各自离去。

登科后的喜悦

登科①后

孟郊

昔日龌龊②不足夸，今朝放荡③思无涯。

春风得意马蹄疾，一日看尽长安花。

注释

①登科：考上进士叫登科；②龌龊：指穷困局促、不得意；③放荡：无拘无束。

译文注释

过去不如意的苦闷日子不值一提，今天金榜题名，郁结的闷气已如风吹云散，心中有说不尽的畅快。迎着春风得意地让马儿跑得飞快，一天之内就观赏完京城长安似锦的繁花。

背景故事

孟郊是唐朝中期著名诗人，湖州武康人（现在浙江德清）。唐代的科举考试是件很重大的事情，每年正月、二月考试发榜，无数人都赶来看榜，而那些考中进士的人们，得意欢乐的心情是可想而知的。孟郊一生穷困潦倒，虽刻苦读书，却到了46岁才中进士。中进士后他写了一首《登科后》，来表达兴高采烈的心情。

诗一开头就直抒自己的心情，说以往在生活上的困顿与思想上的局促不安再不值得一提了，今朝金榜题名，郁结的闷气已如风吹云散，心上真有说不尽的畅快。孟郊两次落第，今次竟然高中鹄的，颇出意料。这就仿佛像是从苦海中一下子被超度出来，登上了欢乐的峰顶；眼前天宇高远，大道空阔，似乎只待他四蹄生风了。"春风得意马蹄疾，一日看尽长安花"，活灵活现地描绘出诗人神采飞扬的得意之态，酣畅淋漓地抒发了他心花怒放的得意之情。这两句神妙之处，在于情与景会，意到笔到，将诗人策马奔驰于春花烂漫的长安道上的得意情景，描绘得生动鲜明。按唐制，进士考试在秋季举行，发榜则在下一年春天。这时候的长安，正春风轻拂，春花盛开，城东南的曲江、杏园一带春意更浓，新进士在这里宴集同年，但诗人并不流连于客观的景物描写，而是突出了自我感觉上的"放荡"；情不自禁吐出"得意"二字，还要"一日看尽长安花"。在车马拥挤、游人争观的长安道上，怎容得他策马疾驰呢？偌大一个长安，无数春花，"一日"又怎能"看尽"呢？然而诗人尽可自认为今日的马蹄格外轻疾，也尽不妨说一日之间已把长安花看尽。虽无理却有情，因为写出了真情实感，也就不觉得其荒唐了。同时诗句还具有象征意味，"春风"，既是自然界的春风，也是皇恩的象征。所谓"得意"，既指心情上称心如意，也指进士及第之事。诗句的思想艺术容量较大，明朗畅达而又别有情韵，因而"春风得意马蹄疾，一日看尽长安花"成为后人喜爱的名句。

2
第二辑

感悟篇

人生之无常，正如天地之苍茫。当我们人生中碰到各种境遇时，一定会发出许多感慨，或是感叹人生苦短，或是忧思古人，或是叹老嗟卑，或是意气风发、笑谈人生……人生虽然由许多具体内容组成，但是却有许多共通之处，让我们从唐诗里面领略一下古人的心得。

风萧萧兮易水寒

易水①送别
骆宾王

此地别燕丹②，壮士发冲冠。
昔时人已没③，今日水犹寒。

注释

①易水，在今河北易县。作者在易水之滨送别友人，自然会想起荆轲刺秦王的故事，因此，诗题名为送别，实借历史故事抒怀咏志，表达诗人决心推翻武则天统治，匡复李唐王朝的"报国"热情。②"燕丹"，即战国末年的燕太子丹。"壮士"指荆轲；③没，死亡。

译文注释

在这个地方与燕太子丹别离，荆轲激愤的头发竖了起来顶到了帽子。古时候的人已经不存在了，而现在的河水却依旧寒冷。

背景故事

骆宾王，唐朝义乌人，初唐时期著名的文学家。和同时期的三位诗人王勃、杨炯、卢照邻并称为"初唐四杰"。这首《易水送别》讲的是荆轲刺秦王的典故。战国时期，秦王想独霸天下，派兵向燕国逼近，燕太子丹万分恐慌。流落到燕国的荆轲为了报答太子丹对自己的恩德，准备赴汤蹈火，刺杀秦王。怎样才能使秦王接见自己呢？他苦苦思索，终于想起了秦王的仇人樊於（wū）期（qī）。樊於期是秦国将领，因得罪秦王，逃到燕国避难。秦王正用千金和一万户人口的封地买他的头。荆轲想，如果我将他的头和燕国督亢的地图一起献上，秦王必定会高兴地接见我，那时就有机会行刺了。于是荆轲前去拜访樊於期，把刺杀秦王的计谋告诉他。樊将军听了，激动而愤怒地说："这正是我日夜盼望的事啊，今天终于机会来啦！"说罢，拔剑自刎。荆轲将樊将军的头装入木匣封好，又将一把有毒的匕首藏在卷起的地图里，与太子丹商定了启程的日子。

出发那天，太子丹和了解内情的朋友都穿着白衣、戴着白帽，来到易水边送行。大家迎着刺骨的寒风，心情异常沉重。

这时，高渐离在岸边敲起竹制的乐器，荆轲和着乐声高声唱道："风萧萧兮易水寒，壮士一去兮不复还！"那慷慨激昂的歌声，激荡着易水，震撼着人心，连头发梢都向上竖了起来。伫立岸边的人们禁不住掉下热泪，目送着壮士的车马渐渐远行……

后来荆轲来到了秦国，用匕首击秦王未中，被秦王杀死。

诗人骆宾王长期怀才不遇，抑郁不得志，亲身遭受武氏政权的迫害，爱国之志无从施展，因而在易水送友之际，自然地联想起古代君臣际会的悲壮故事，借咏史以喻今，为下面抒写抱负创造了环境和气氛。

"昔时人已没，今日水犹寒"两句，是怀古伤今之辞，抒发了诗人的感慨。既是咏史又是抒怀，充分肯定了古代英雄荆轲的人生价值，同时也倾诉了诗人的抱负和苦闷，表达了对友人的希望。"今日水犹寒"中的"寒"字，寓意丰富，深刻表达了诗人对历史和现实的感受。首先，"寒"是客观的写景。此诗作于冬天，冬天北方的河水自然是寒冷的。其次，"寒"是对历史的反思。荆轲这样的古代英雄，虽然奇功不就，但也令人肃然起敬，诗人是怀着深切缅怀之情的。荆轲其人虽然早就不复存在了，可这位英雄疾恶如仇、视死如归的英雄气概还在，作为历史见证的易水河还在。诗人面对着易水寒波，仿佛古代英雄所唱的悲凉激越的告别歌声还萦绕在耳边，凛然而产生一种奋发之情。

夕阳无限好，只是近黄昏

乐游原①

李商隐

向晚意不适，驱车登古原。
夕阳无限好，只是近黄昏。

注释

①乐游原：建于汉宣帝时的一处庙苑，即乐游苑，因地势高敞，又称乐游原。在陕西长安南八里，其地居当时长安京城最高处，登临可览全城，为汉唐时一旅游胜地。

译文注释

傍晚时分我心情抑郁，驾车登临旧时的乐游原。夕阳下的晚景无限美好，只可惜时光临近黄昏。

背景故事

　　李商隐（约813年—约858年），唐代诗人，字义山，号玉溪生，唐怀州河内（今河南泌阳）人。开成进士，曾任县尉、秘书郎和东川节度使判官等职。李商隐出身孤贫，后来因婚姻问题卷入当时的牛李党争，备受排挤，潦倒终身。这种"报国无门"的遭遇，使李商隐写出许多反映民生疾苦，揭露和批判当时藩镇割据、宦官擅权和上层统治集团的腐朽糜烂的黑暗政治的诗篇。他的咏史诗多托古以斥时政；无题诗也有所寄寓，至其实义；爱情诗深情动人。他擅长律绝，富于文采，构思精密，情致婉曲，具有独特风格。然用典多，意旨隐晦。李商隐的散文也写得很好，文采华美，风格独特；骈文婉约雅致，蜚声于晚唐文坛。

　　有一天傍晚，李商隐坐着马车来到了今陕西省西安市东南的乐游原，那里环境优美，山清、水绿、木秀、花繁。这时候，他凭高远望，在夕阳的余晖下，长安的繁华闹市，郊野的山光水色，尽收眼底，一览无余。这是美好的大自然，美好的人间。然而，这美好的一切，即将淹没在夜幕中了，这怎能不让人悲从中来呢？李商隐不为离愁别恨，不为怀古伤今，只为自己热爱这美好的晚景，却又无法将它长久挽留，更无法拒绝夜幕的来临，增添了一丝愁绪，发出好景不长、良辰易逝的惋叹。眼中之景、心底之情，在此相互交映。

　　诗人李商隐从大自然兴衰相继的现象中，领悟出世间万物盛极必衰的道理，油然产生一种对美好事物流连惋惜之情，慨叹人生的短暂。为此，他挥笔写了这首《乐游原》诗，通过对古原夕照的晚景描绘，抒发对大好时光的恋惜之情和无可奈何的心境。

　　这首诗字句通俗易懂：天光向晚，心里有些不舒服，驱车登上古老的乐游原。夕阳无限美好，只是已临近黄昏。但浅白的语句，却能诱发人们丰富的想象：站在高高的乐游原上，极目远眺，夕阳西下，晚霞似锦，绚丽的霞光静静地染红了天空大地，万物笼罩在淡淡的蔷薇色中。这一刻如此辉煌，如此壮丽，如此灿烂，也如此短暂，黄昏已悄悄临近，一切光彩将要归于黯淡。

也许诗人仅仅是如实地写出眼前之景，但后人却众说纷纭，有人说表现诗人热爱阳光、向往光明；有人说预言唐王朝行将衰亡，表现对唐王朝腐朽没落的悲愤；也有人说"只是"没有转折意味，这首诗是赞美临近黄昏的夕阳最美丽……"向往光明"、"预言一个朝代的没落"是现代人的观念，是强加给古人的，是牵强附会的。"只是"有没有转折意味有什么关系呢，毕竟美好的夕阳临近黄昏会很快消失是客观的自然规律。不管诗人是有心还是无心，我们读此诗时确实能感受到好景不长久的遗憾。

"夕阳无限好，只是近黄昏"是自然的寻常之景，诗人敏锐地捕捉到那一瞬间的感受，并巧妙地表现出来，文字那么浅显，回味又那么悠长，有对自然的热爱，有对生命的无限依恋，有人生暮年对岁月流逝的无可奈何。

数百年后的赤壁随想

赤壁①

杜牧

折戟沉沙铁未销，自将磨洗认前朝。②
东风不与周郎便，铜雀春深锁二乔。③

注释

①赤壁：今湖北省黄州，亦说今湖北赤壁市西北之赤壁山。汉献帝十三年（公元208年）吴蜀联军在此大败曹操。②戟：一种可直刺横击的兵器。将：拿起。③东风句：当时周瑜采用部将黄盖火攻之计，适值东南风起，火乘风愈烈，尽烧北船，曹军大败。铜雀：台名，为曹操于建安十五年（公元210年）在邺城所筑，因楼顶有大铜雀而得名。曹操晚年拥其姬妾在台中享乐。二乔：即大乔、小乔，江东乔公之女，分别嫁给孙策、周瑜。两句是说若非东风给周郎以便利，则孙吴将被曹操所灭，二乔也将被掳去藏于铜雀台中了。

译文注释

有人发现了一把埋在沉沙中的断戟，它的铁刃还未被销蚀，我将它拿来磨洗一番，认得这遗物属于三国时代。假如不是东南风给了周郎战场上的便利，高高的铜雀台就会锁住二乔。

背景故事

杜牧（公元803—853年），字牧之，京兆万年（今陕西西安）人，宰相杜佑之孙。大和二年进士，授宏文馆校书郎。多年在外地任幕僚，后历任监察御史，史馆修撰，膳部、比部、司勋员外郎，黄州、池州、睦州刺史等职，最终官至中书舍人。晚唐杰出诗人，尤以七言绝句著称。擅长文赋，其《阿房宫赋》为后世传诵。注重军事，写下了不少军事论文，还曾注释《孙子》。有《樊川文集》二十卷传世，为其外甥裴延翰所编，其中诗四卷。后人称他为小杜，以区别于杜甫（老杜）。

湖北武昌西南的赤矶山，是三国时代著名的赤壁之战的战场。杜牧站在古战场上，面对滔滔长江，心里很不平静。

他刚刚得到一把埋藏已久的折断的铁戟。经过一番磨洗，他发现这是三国遗物。杜牧不禁感叹：哇！六百年前赤壁大战的遗物竟未销蚀。他手握铁戟，放眼长江，心潮起伏……

这时候，杜牧想到那赤壁之战的前夜，如果老天刮起西风，周郎的火船怎么也不能靠近曹军，战争的结果就会是曹操大军横扫江东，把东吴的两位贵美人——国主孙权的大嫂大乔、周瑜的妻子小乔抢去关在铜雀台上，供他们使唤。唉，老天把东风送给了周郎，这才造就了一代英雄呀！想到这里，杜牧吟出了一首《赤壁》诗。

诗作开篇凭一支古戟说起，引出对古人和古事的感喟。在赤壁大战中被遗弃的一支断戟，沉没水底沙中六百多年，还未被锈蚀掉，被今人发现。经过自己一番磨洗，终于确认为当年遗物，于是喟叹。由折戟联想到汉末分裂动乱，想到战役的重要意义，更想到了那次战役的重要人物。睹物思人，思接前朝。前两句写明喟叹之因。

后两句为喟议。赤壁战役中，周瑜主要采用火攻，战胜了数倍于己的曹军。他之所以火攻奏效，是因为在决战时刻，适值刮起了对己方有利的东风。东风是制胜的关键，所以诗人将东风置于重要地位来写。但是他偏不从正面来描写东风助周郎制胜，却从反面以假设下言：倘若东风不给周郎方便，那曹操就为胜者，大乔与小乔自然要被掳去，锁于铜雀台上以供曹操享用了。

由于二乔并非民妇，而是属于东吴最高阶层之贵妇，虽与战役无关，而其身份地位却代表东吴国家尊严。东吴不亡，二人哪能囚于铜雀台呢？故作者以"铜雀春深锁二乔"来喟叹假设之下的曹操得胜的骄横和东吴亡败的屈辱，形成强烈的反差。同时用美人衬显英豪，同上句周郎相映生辉，更凸显其情致。

有感于历史变迁而作的诗

乌衣巷

刘禹锡

朱雀桥边野草花,乌衣巷口夕阳斜。①
旧时王谢堂前燕,飞入寻常百姓家。

注释

①朱雀桥:横跨南京秦淮河上,是由城中心通往乌衣巷的必经之路。桥同河南岸的乌衣巷,不仅地点相邻,历史上也有瓜葛。东晋时,乌衣巷是高门贵族的聚居地,开国元勋王导和指挥淝水之战的谢安都住在这里。旧日桥上装饰着两只铜雀的重楼,就是谢安所建。在字面上,朱雀桥又与乌衣巷偶对天成。斜:斜照之意。

译文注释

朱雀桥边的野草正开花,乌衣巷口的夕阳在西斜。昔日王谢豪门堂前的飞燕,如今只得飞入普通百姓家筑巢。

背景故事

刘禹锡(公元 772-842 年)字梦得,彭城(今江苏徐州)人,是匈奴人的后裔。唐代中期诗人、哲学家。他的家庭是一个世代以儒学相传的书香门第。政治上主张革新,是王叔文派政治革新活动的中心人物之一。

刘禹锡耳濡目染,加上天资聪颖,敏而好学,从小就才学过人,气度非凡。他十九岁游学长安，上书朝廷。二十一岁与柳宗元同榜考中进士。同年又考中了博学宏词科。

后来他在政治上不得意，被贬为朗州司马。但他没有自甘沉沦，而是以积极乐观的精神进行创作，向民歌学习，创作了《采菱行》等仿民歌体诗歌。

一度奉诏还京后，刘禹锡又因诗句"玄都观里桃千树，尽是刘郎去后栽"触怒新贵，被贬为连州刺史。后被任命为江州刺史，在那里创作了大量的《竹枝词》，其中名句很多，广为传诵。

后来，经多次调动，刘禹锡被派往苏州任刺史。当时苏州发生水灾，饿殍遍野。他上任以后开仓赈饥，免赋减役，很快使人民从灾害中走出，过上了安居乐业的生活。苏州人民爱戴他，感激他，就把曾在苏州担任过刺史的韦应物、白居易和他合称为"三贤"，建立了三贤堂。皇帝也对他的政绩予以褒奖，赐给他紫金鱼袋。刘禹锡晚年回到洛阳，任太子宾客，与朋友交游赋诗，生活闲适。死后被追赠为户部尚书。

在东晋时代，乌衣巷是豪门贵族居住的地方，其中以王导、谢安为首的两家势力最盛。西晋灭亡后，北方一些少数民族和汉族地主纷纷建立割据政权，彼此混战，进入十六国时期。而在南方，以建康（今江苏省南京市）为中心，出现了司马睿建立的政权，历史上称为东晋。

东晋是在北方和南方世家大族支持下建立的。特别是王导，是司马睿的主要谋士，是世家大族之间的联络人，对建立东晋功劳极大。司马睿在登基大典上，竟然拉着王导要与他同坐御床，共受百官朝拜。只是由于王导坚决推辞，才没有实现。这是历史上从来没有过的事。当时，王导位居宰辅，掌握着中央的行政大权，其兄王敦则手握重兵，镇守荆州。其他许多王氏家族中人，大多担任着重要官职。

再说谢家，公元383年，爆发了中国历史上有名的淝水之战，交战的双方是东晋和前秦，东晋的主帅便是谢安，重要将领有谢石、谢玄和刘牢之。

淝水之战的胜利，使得谢氏家族势力更强。

当年乌衣巷车骑喧闹，冠盖相望，风流雅士云集，点缀升平。但是，昔日的王谢豪强已灰飞烟灭，乌衣巷变得冷落萧条。诗人有感于此，以冷峻的语言写了《乌衣巷》一诗。诗中借晋代显赫一时的王谢世族没落后的衰败景象，暗示时下权贵不会有比王谢更好的命运。

首句"朱雀桥边野草花"，用朱雀桥来勾画乌衣巷的环境，句中引人注目的是桥边丛生的野草和野花。草长花开，表明当时是春季。而一个"野"字，点出了景色的荒僻。

诗人这样突出"野草花"，正是为了表明昔日车水马龙的朱雀桥，如今已荒凉冷落了。

第二句"乌衣巷口夕阳斜"，表现出乌衣巷不仅是映衬在败落凄凉的古桥的背景之下，而且还呈现在斜阳的残照之中。"夕阳斜"三字突出了日薄西山的惨淡景象。鼎盛时期的乌衣巷口，车水马龙、人来人往。而现在，作者却用一抹斜晖，使乌衣巷完全笼罩在寂寥、惨淡的氛围之中。

接着，诗人继续借景物描绘，写出了脍炙人口的名句："旧时王谢堂前燕，飞入寻常百姓家。"他出人意料地把笔触转向了乌衣巷上空的飞燕，让人们沿着燕子飞行的方向看去，得以发现如今的乌衣巷里居住的是普通百姓人家。为了使读者明白无误地领会诗人的意图，作者特地指出，这些飞入百姓家的燕子，过去却是栖息在王谢权门高大厅堂的檐檩之上的。"旧时"两字，赋予了燕子历史见证人的身份，"寻常"两字，又特别强调了今日是多么不同于往昔，从中，我们可以清晰地听到作者对这一变化所发出的无限感慨。

寻找心灵的归宿

题破山寺后禅院①

常建

清晨入古寺，初日照高林。
曲径通幽处，禅房花木深。
山光悦鸟性，潭影空人心。
万籁此俱寂，但余钟磬音。②

注释

①破山寺：即兴福寺，位于今江苏省常熟县境内虞山北麓；②万籁："子游曰：'地籁则众窍是已，人籁则比竹是已，敢问天籁。'子綦曰：'夫吹万不同，而使其自己也。'……"（《庄子》），指一切声响。

译文注释

清晨我走过古老的寺院，初升的太阳照耀着高峻的山林。弯曲的小道通向幽静的地方，禅房坐落在繁花秀木的深处。山林的风光使小鸟怡然自得，潭中的倒影使人忘却俗尘。自然界的一切声响在此都已寂静，只听见报时拜神的钟磬声。

背景故事

常建，生卒年不详，开元十五年（公元727年）中进士。他一生官运不佳，不和名流通声气，交游中无达官贵人。他有一个嗜好，就是喜欢游览名山胜景。有一年春天，他来到了江苏常熟，听人说该地有个破山寺很有名气，就有意去看一看。

破山寺在常熟虞山北麓，其名来自一则神话故事。相传贞观十年，龙门山裂了，当时有个高僧路过此山，这时龙变成了一个人，高僧就念佛唤神与龙决斗，结果龙被打败破山而去，寺庙因此得名。

一天早晨，常建起床后，饭也没有吃就独自信步走进了破山寺，清晨的寺庙景色令人心旷神怡，忘记了人间的烦恼。但此时的他无意于对整个寺庙的游览，只想重点看看后禅院。所以，他没有在大雄宝殿流连，而是沿着一条曲折幽静的竹林小道，向花木之中的禅房走去。来到禅房，他看到僧侣们个个闭目诵经，如不受人世杂务的烦扰，诗人感到自己仿佛也脱离了人世间，感到无限的轻松欢娱。宦途坎坷的诗人处在这样一个修身养性的好地方，长期隐而不露的感情终于流露出来，脱口吟出了一首《题破山寺后禅院》。

诗中通过对古寺幽深寂静环境的描写，表现了诗人寄情山水、淡泊宁静的生活态度。

清晨进入古老的破山寺，初升的旭日映照着巍峨挺拔的山林。一、二两句以白描的手法勾勒出沐浴在晨辉中的古老的寺院、古木参天的茂密丛林的倩影，清新之气扑面而来。

曲折的小路通向幽深的处所，禅房掩映在花木葱茏中。三、四两句描绘后禅院的景观。曲径、禅房、幽、深，抓住最有特色的景物，寥寥数字，渲染出后禅院的幽深静寂，似平平道来，却饱含玄机。"曲径通幽"留给人们多少遐想。"曲径通幽"一作"竹径通幽"。

青山明媚的翠色使鸟儿发出欢悦的鸣叫，深潭变幻的波影让人心灵澄澈透明。五、六两句从客观描写转向主观感受，但仍以具体物象加以形象化的传递，古寺的清幽不仅赏心悦目，而且能荡涤一切世俗的烦恼，诗人置身其中，感受到深深的喜悦。

此时，在古老的破山寺，一切声响俱已沉寂，只听见钟与磬的声音。钟与磬，是寺庙常用的法器。最后两句，杜绝了一切尘世的喧嚣，只有悠扬的钟声徐徐鸣响，伴着清越的磬音，在静寂的古寺回旋往复，余韵袅袅，渗入我们灵魂深处，让人顿悟禅机。

身在异乡遇故人

杂诗

王维

君自故乡来，应知故乡事。
来日绮窗前，寒梅著花未。①

注释

①来日：指动身前来的那天。绮窗：雕饰精美的窗子。

译文注释

你刚刚从故乡到来，一定知道关于故乡的事。你来时看见我绮窗前的那株寒梅是否开花了？

背景故事

王维（公元701-761年），盛唐著名诗人。他久在异乡客地，忽然有一天，一位故乡的朋友来访，顿时激起他强烈的乡思和急欲了解故乡风物、人事的心情。可是，他不向朋友打听家乡的新朋故友、山川景物、风土人情，却偏偏只问家里的那棵寒梅花开了没有？可见，尽管久别故乡，但诗人王维对故乡的一草一木，仍然是如此记忆犹新，耿耿于怀。对一棵梅花尚且如此，那么对故乡的亲人的思念就更不用说了。

就在怀念家乡的真挚感情中，诗人情不自禁地挥笔写了一首思乡曲——《杂诗》。

诗的抒情主人公是一位久居他乡的游子，这一点从头两句的两个"故乡"中可以感知到。在他乡忽然遇到来自故乡的友人，一下子激起无限思乡之情。多么想多知道一些故乡的事呀。于是，"我"便急切地问开了——"君自故乡来，应知故乡事"，两个"故乡"叠加，表现出一种问话的急切，进而令人感受到乡思之殷切。"应知故乡事"这一句表意上近乎啰唆，隐含着的仍然是那么急切的思乡之情——甚至是一点点的担心：你不会不知道吧？所以在问话里，便先把"不知道"的可能给堵死了。这种心态有些近乎孩子气，但却是非常准确地还原了问话者的真实心态。

后两句才是对"故乡事"的正式发问。想知道的"故乡事"当是很多很多，家人健康？友人安好？山川景物，风土人情是否依旧？可是这些，"我"都没有问，而是选取了一个似乎无足轻重的问话："寒梅著花未？"你来的时候，我家窗前那株梅花开了没有呢？不从最关心的家人问起，而问起梅花，看似反常，其实细细想来，却也不然。有的时候，我们往往会有这样的一种心态，越是关心的事，可能反而是越怕说出口，所以只好问起看似不相干的梅花来。这样的一种反常很容易引起读者的思考：为什么呢，这株梅花是否有什么独特之处，是往日美好生活的见证抑或其他？这些，"我"都不再说了，全诗戛然而止，留下无限想象的空间。绮窗，寒梅，构成一幅古典而精美的画面，让人禁不住联想，那梅下或有佳人如玉？或有佳节之聚？——梅花在这里成了往日生活的一个见证。在这里，游子对于梅花的记忆，反映出游子浓厚的乡情，真是"于细微处见精神"，寓巧于朴，韵味浓郁，栩栩如生。

登高望远的情怀

登鹳雀楼①
王之涣

白日②依山尽，黄河入海流。
欲③穷千里目，更上一层楼。

注释

①鹳雀楼：在今山西永济市。此楼在城之西南、黄河中高阜处，时有鹳雀栖其上，因以为名。楼三层，前瞻中条山，下瞰黄河，为登临胜地；②白日：明亮的太阳。这里指傍晚的太阳。依：挨或靠着；③欲：想要。穷：尽。千里目：远处的景色。目，眼睛。

译文注释

太阳依傍着群山就要落下山去，黄河水正滚滚向大海奔流。要想见到更遥远处的景色，就得再登上一层高楼。

背景故事

鹳雀楼是唐朝蒲州城（今山西永济）的一座城楼，位于城的西南，是当时著名的旅游胜地。

　　鹳雀楼共三层，因为楼上常有一种形状像鹳，人称鹳雀的鸟停在上面，因而得名。它的西南是高高耸立的中条山，而波涛滚滚的黄河就在它的脚下流过，整幢楼十分雄伟壮观，令人流连忘返。

　　王之涣是唐朝著名的边塞诗人，他出生在晋阳（今山西太原），后来迁到绛郡（今山西新绛）。早年他曾担任文安县尉，性格豪放不羁，常常击剑悲歌，后来因遭小人诬陷而罢官。此后，他就开始了十多年的漫游生活，足迹遍及黄河南北。他写了许多诗，他的诗在当时常被乐工制曲歌唱，名动一时。

　　有一年，他来到鹳雀楼。登楼时正是傍晚时分，他极目远眺，面对祖国河山磅礴雄伟的气象，一时诗兴大发，于是根据登楼时见到的景色和感受，写成了这首千古名诗《登鹳雀楼》。

　　这首诗描写了登高望远所见，歌颂了祖国河山的壮丽，表达了诗人热爱祖国大好河山之情，还寓含了一定的积极人生哲理。

　　首句描绘夕照衔山的现实景色。西面一轮落日正金光夺目，在连绵起伏苍苍莽莽的群山外缓缓落下，在视野的尽头渐渐隐没，这是天空景，也是西望景。

　　次句写俯瞰黄河远去天边的景象。诗人面对流经楼前的滚滚黄河的滔滔大浪，视线由上到下、由近及远、由西向东，跟随河水向远方延伸。虽不能目击黄河入海的情状，却可以充分发挥想象，好像看见黄河一路汹涌澎湃，气势磅礴，流入大海，令人心旷神怡。这是陆地景，也是东望景。

　　三、四两句写诗人欲登高望远。从前两句的眼前所见引出了深沉思索和再上一层楼的行动：若想看到无穷无尽的美丽景色，就应该不断地向上攀登，迈上更高一层楼。以"楼"收尾，很好地照应了题目。诗句看似平铺直叙，却有深意，既寓含诗人积极向上的进取精神、高瞻远瞩的博大胸襟，又暗示了只有站得高才能看得远、看得全的哲理。含意深远，耐人寻味。

十五夜望月

十五夜望月①

王建

中庭地白②树栖鸦③，冷露无声湿桂花。
今夜月明人尽望，不知秋思落谁家？

注释

①十五夜：指农历八月十五的夜晚；②地白：地上的月光；③栖：歇。

译文注释

中秋的月光照射在庭院中，地上好像铺上了一层霜雪那样白，树上安歇着乌鸦。夜深了，清冷的秋露悄悄地打湿庭中的桂花。人们都在望着今夜的明月，不知那秋天的思念之情会落到谁的家。

背景故事

王建，唐代诗人。字仲初。颖川（今河南许昌）人。门第衰微，早岁即离家寓居魏州乡间。20 岁左右，与张籍相识，一道从师求学，并开始写乐府诗。贞元十三年（公元 797 年），辞家从军，曾北至幽州、南至荆州等地，写了一些以边塞战争和军旅生活为题材的诗篇。离开军队后，寓居咸阳乡间。元和八年（公元 813 年）前后任昭应县丞。长庆元年（公元 821 年），迁太府寺丞，转秘书郎。在长安时，与张籍、韩愈、白居易、刘禹锡、杨巨源等均有往来。大和初，再迁太常寺丞。约在大和三年（公元 829 年），出为陕州司马。世称王司马。大和五年，为光州（治所在今河南潢川）刺史。王建的乐府诗和张籍齐名，世称"张王乐府"。

在十五月夜，王建借着月光来到了庭院中，看到地上像铺上了一层层的霜雪，鸦鹊在树阴中栖息，便写下了这首望月诗。

诗人写中庭月色，只用"地白"二字，却给人以积水空明、澄静素洁之感。"树栖鸦"，十五夜望月主要应该是听出来的，而不是看到的。因为即使在明月之夜，人们也不大可能看到鸦鹊的栖宿；而鸦鹊在月光树阴中从开始的惊惶喧闹到最后的安定入睡，却完全可能凭听觉感受出来。"树栖鸦"这三个字，朴实、简洁、凝练，既写了鸦鹊栖树的情状，又烘托了月夜的寂静。

"冷露无声湿桂花"句，由于夜深，秋露打湿庭中桂花。如果进一步揣摩，更会联想到这桂花可能是指月中的桂花树。这是暗写诗人望月，正是全篇点题之笔。诗人在万籁俱寂的深夜，仰望明月，凝想入神，丝丝寒意，轻轻袭来，不觉浮想联翩，那广寒宫中，清冷的露珠一定也沾湿了桂花树吧？这样，"冷露无声湿桂花"的意境，就显得更悠远，更耐人寻思。你看他选取"无声"二字，那么细致地表现出冷露的轻盈无迹，又渲染了桂花的浸润之久。而且岂止是桂花，那树下的白兔呢，那挥斧的吴刚呢，那"碧海青天夜夜心"的嫦娥呢？诗句带给我们的是多么丰富的美的联想啊！

皓月当空，难道只有我独自在那里凝神贯注望月吗？普天之下，有谁不在低头赏月，神驰意远呢？想到这里，水到渠成，吟出了"今夜月明人尽望，不知秋思落谁家"。前两句写景，不带一个"月"字；第三句点明望月时间，而且推己及人，扩大了望月者的范围。但是，同是望月，那感秋之意，怀人之情，却是人各不同的。诗人怅然于家人离散，因而由月宫的凄清，引出了入骨的相思。他的"秋思"必然是最浓挚的。然而，在表现的时候，诗人却并不采用正面抒情的方式，直接倾诉自己的思念之切；而是用了一种委婉的疑问语气：不知那茫茫的秋思会落在谁的一边。明明是自己在怀人，偏偏说"秋思落谁家"，这就将诗人对月怀远的情思，表现得蕴藉深沉。一个"落"字，新颖妥帖，不同凡响，它给人以动感，仿佛那秋思随着银月的清辉，一齐洒落人间似的。

这首诗意境很美，诗人运用形象的语言，丰美的想象，渲染了中秋望月的特定的环境气氛，把读者带进一个月明人远、思深情长的意境，加上一个喟叹有神、悠然不尽的结尾，将别离思聚的情意，表现得非常委婉动人。

流芳千古的悯农诗

悯农①
李绅

锄禾日当午，②汗滴禾下土。
谁知盘中餐，粒粒皆辛苦。

注释

①悯（mǐn）：怜悯；②锄禾：用锄头松禾苗周围的土。

译文注释

在烈日炎炎的中午，农民们还在地里为禾苗锄草，汗水滴到禾苗下的泥土中。可有谁知道人们碗里的饭，每一粒都包含着农民的辛勤劳动呢。

背景故事

诗人李绅，从小没了父亲，和妈妈相依为命。妈妈让他读书识字，他很用功，学会了写诗。后来他要到长安拜访名师，开阔眼界。妈妈舍不得儿子离家，但她知道儿子是有出息的，她不能阻拦。

那一天，李绅告别母亲上路了。六月里的江南，太阳像个大火球，把大地烤得滚烫滚烫；路边池塘里，水牛泡在水中，只露出鼻孔喘气；树阴里，黄狗趴在地上，舌头伸得老长老长；稻田里，青青的秧苗长到半尺高了，农夫们光着脊背，弯着腰，两手在水中不停地摸索着拔去杂草，太阳晒得油黑的脊背闪闪发亮。这样辛勤劳动的情景，李绅早已熟悉了，可是今天他看得特别感动。"我要进城求学谋生，但我永远不忘农夫种田的辛苦。他们在烈日下耕作，多少汗水滴入泥土，才换来我们碗中的米饭呀！"路上，李绅写成一首《悯农》诗。到长安后，通过一个朋友齐煦的介绍，去拜见当时有名的文士和政治家吕温。

吕温读了李绅带来的诗稿，越来越觉得眼前这个瘦小的年轻人不是一般的人才。他尤其欣赏这首《悯农》诗。

这首诗是写劳动的艰辛，劳动果实来之不易。第一、二句"锄禾日当午，汗滴禾下土"描绘出在烈日当空的正午，农民仍然在田里劳动，这两句诗选择特定的场景，形象生动地写出劳动的艰辛。有了这两句具体的描写，就使得第三、四句"谁知盘中餐，粒粒皆辛苦"的感叹和告诫免于空洞抽象的说教，而成为有血有肉、意蕴深远的格言。

这首诗没有从具体人、事落笔，它所反映的不是个别人的遭遇，而是整个农民的生活和命运。诗人选择比较典型的生活细节和人们熟知的事实，深刻揭露了不合理的社会制度。

看完这首诗后，吕温十分激动，认为李绅不像一般士子，只会读死书，只求做官，而是胸怀天下，关心民生的。他觉得如果没有对农民生活的了解，没有对民生艰难的同情和感动，不可能写出这样的好诗来。于是，他当面赞赏了这个身材矮小，相貌上丝毫不起眼的小伙子。他不停地夸奖他，勉励他，

　　两人畅谈了好久，李绅才行礼告别。

　　李绅走了以后，吕温对自己的弟弟以及举荐李绅的齐煦说："这个年轻人很不一般，很了不起呀，我觉得，他将来能做宰相。"

　　后来，李绅果然成为一位勤政爱民的宰相。他的《悯农》流传了千代万代，让我们都懂得粮食的来之不易，好好珍惜眼前的幸福生活。

惜时如金爱青春

金缕衣①

杜秋娘

劝君莫惜金缕衣，劝君惜取少年时。②
花开堪折直须折，莫待无花空折枝。③

注释

　　①《金缕衣》：属乐府《近代曲辞》。②惜取：珍惜着。③堪：可。折：攀折，采摘。

译文注释

　　不必爱惜金线织成的华贵的锦衣，只应该珍惜少年时代最宝贵的光阴。鲜花盛开时正好采摘就尽情地采摘，别等到鲜花凋落才攀折无花的空枝。

背景故事

金陵（今江苏南京）女子杜秋娘，善歌《金缕衣》曲。初为镇海节度使李之妾，后李叛唐被杀，秋娘没籍入宫，为宪宗所宠。穆宗时为皇子漳王保姆。皇子被废，她被遣归金陵。这首诗很有哲理，劝喻人们不要去追求荣华富贵，珍惜少年时代美好的时光。又像是劝喻人们不要错过爱情的美好时机，以致后悔莫及。总之，是要人们珍惜时光和机遇，极富启迪性。她的这首诗主要是劝喻青少年要珍惜美好时光，不虚度光阴珍惜时间努力学习，我国晋代的车胤、孙康最为典型。

晋代的时候，有个叫车胤的读书人，从小特别喜欢读书。可是他家庭条件太差了，连吃饭都很成问题，他白天还要出去做工，根本没有时间读书。因此，他只能利用晚上的时间背诵诗文，可问题是家里哪里有多余的钱买灯油供他晚上读书啊？车胤每次都乘着天将黑时那点亮光，拼命地读一会儿书，因为等天空全黑下来可就什么也看不到了。夏天的一个晚上，他正在院子里背一篇文章，他背着背着，想起读这篇文章时还有一些地方不太明白，就想再读读其他文章比较一下，于是他掀开书一看，天啊！什么都看不清楚！他沮丧极了，低着脑袋坐了下来。忽然间，他发现头顶有些亮光，他惊喜地抬起头，看见许多萤火虫在低空中飞舞，一闪一闪的光点，在黑暗的夜空中显得那么耀眼。他想，如果把许多萤火虫集中在一起，不就成为一盏灯了吗？于是，他高兴地跑回屋去，让妈妈给他用白色的布缝了一只口袋。口袋缝好了，他马上就拿着袋子跑到树林里，捉萤火虫去了！他妈妈不放心，便让他爸爸跟过来看看儿子在干什么，爸爸看见他捉萤火虫，还往袋子里装，就问他说："儿啊，你捉那么多萤火虫干什么呀？"他边捉边说："我要让萤火虫帮我照明哩！"父亲听了他的话，觉得有点儿道理，就过来一起帮他捉。过了一会儿，口袋里已放进了几十只萤火虫，白色的口袋发出微弱的光芒，他把袋口扎住，找到一个树枝吊起来。虽然不怎么明亮，但也可勉强用来看书了。从此，只要有萤火虫，他就去捉一些来当作灯用。由于他聪明好学，后来终于取得了成功。

晋代还有个叫孙康的读书人，家里情况也是如此。由于没钱买灯油，晚上不能看书，只能早早睡觉。冬天的一个夜晚，他从睡梦中醒来，发现屋里比平时亮了许多，顺着光线的方向，他将头转向窗户，发现光线原来是从窗户里透进来的。他心里高兴极了，心想难得今天晚上的月亮这么亮，如果不起来读书的话岂不是白白浪费掉了？想到这里，他赶忙从床上爬起来，趴在窗户上往外一望，呀，原来不是什么月光，而是外面下了厚厚的一层大雪！洁白的雪地反射着幽幽的光芒，把世界映得亮堂堂的！他想，这么好的光亮我为什么不利用它来看书呢？想到这里，他白天劳动的疲倦顿时全都消失了，立即穿好衣服，取出书籍，来到屋外。果然，宽阔的大地上映出的雪光，比屋里可要亮多了。孙康立即打开书，果然字迹清晰可见。他不顾寒冷，认认真真地看起书来，手脚冻僵了，就搓搓手指，跑一跑步，然后又专心致志地读书。就这样，一个寒冷的冬夜就过去了。虽然雪地里很冷，可是能借助雪地的光亮读书却让孙康兴奋得不得了，心里像点了个暖融融的小火炉。此后，每逢有雪的晚上，他就不放过这个好机会，孜孜不倦地读书，这使得他的学识突飞猛进，成为饱学之士。

3

第三辑

生活篇

　　唐诗中有许多诗歌记录了那个时代的生活百态，有归隐田园的悠然之乐，有科场进第的喜悦，有游历万水千山的逍遥，还有诗人们自身市井生活的写照……熟读唐诗可以走进历史，走进那个时代，走进诗人们的生活。

悠然自得的乡村生活

春晓①

孟浩然

春眠不觉晓，处处闻啼鸟。②
夜来风雨声，花落知多少？③

注释

①春晓：春天的早晨。②不觉晓：不知不觉已天亮了。啼鸟：啼叫的鸟。
③夜来二句：回忆夜来的风雨，为花木担忧。

译文注释

春天的早晨，醒来时不知不觉已经天亮了。到处都能听见鸟儿的啼叫，
经过一夜风雨的吹打，不知道凋谢了多少花朵。

背景故事

孟浩然（公元 689 年—740 年），襄阳（今属湖北）人，主要活动于开元年间。
他大半生居住在襄阳城南岘山附近的涧南园，中年以前曾离家远游。四十岁那年
赴长安应进士试，落第后在吴越一带游历，到过许多山水名胜之地。开元二十五

年（公元 737 年），张九龄贬荆州刺史，孟浩然不久辞归家乡，直至去世。

孟浩然生活在封建社会较为升平的盛唐时代，他有自己的产业，一生没有经历过重大的社会变故，没有卷入过尖锐的政治斗争，又长期居住在乡村，所以他不可能像杜甫那样写出具有重大思想意义的诗篇来。但他的一些描写生活情趣的田园小诗，却令人爱不释手。

在一个春天的早晨，孟浩然起得很晚，不知不觉中天已大亮。他想起了春天的美好，想起了夜里的风雨声，又想起了园中的花草树木，更想起了自由自在的生活，于是脱口吟出了《春晓》这首精致的小诗。

本诗意在惜春。春天，有迷人的色彩，有醉人的芬芳，诗人都不去写，而是选取了一个侧面，从听觉的角度着笔写春之声，用以渲染户外春意盎然的美好景象，"处处"二字，啁啾起落，远近应和，使人有置身山阴道上，应接不暇之感。只淡淡几笔就写出了晴方好、雨亦奇的繁盛春意。后两句由喜春翻为伤春、惜春，而这伤和惜却是因为对春的爱，潇潇春雨也引起了诗人对花木的担忧，这份闲淡中多少流露出个人际遇的不幸。诗里时间的跳跃、阴晴的交替、感情的微妙变化，都很富有情趣，能给人带来无穷兴味。

皇帝面前"栽筋斗"

留别王维

孟浩然

寂寂竟何待，朝朝空自归。①
欲寻芳草去，惜与故人违，②

当路谁相假？知音世所稀。③

只应守寂寞，还掩故园扉？④

注释

①寂寂：求仕没有音信，心中苦闷。②寻芳草：喻追求理想境界。违：分离。③当路：当要权者。假：宽容。④还：回乡。扉：门。

译文注释

我被如此冷落，究竟还要等待什么？天天徒劳无益，只得独自回归。我想到那芳草鲜美的地方隐居，很惋惜要与老朋友分离。身居要职的人谁肯为我助一臂之力？真正的知音世上真是难寻。我只该固守我的孤独寂寞，回到故里关紧门扉。

背景故事

唐玄宗开元年间，40 岁的孟浩然来到当时的京都长安，并结识了许多著名的诗人，如张九龄、王维等。张九龄是当朝宰相，王维也在朝廷任官。孟浩然参加了进士考试并在当时全国最高学府"太学"赋诗，得到了张九龄、王维等许多著名诗人的高度赞赏。在当时曾流传着孟浩然在皇帝面前"栽筋斗"的故事。

有一天，孟浩然参加完进士考试，来到了王维的官衙内，不巧唐玄宗驾到，这可慌了孟浩然，他来不及避开，只好躲藏在床下。

玄宗走进屋里，王维不敢向皇上隐瞒，只好说出了实情："请万岁恕罪，刚才我来了位朋友，也是一位诗人，他害怕见圣上，所以躲在床下。"

唐玄宗问："哪位诗人？"

王维忙回答："前几天在太学府赋诗的孟浩然。"

玄宗听了高兴地说："我早就听说了此人的诗名，何必躲藏，快快出来吧！"

孟浩然从床下爬出，忙拜见了皇上。玄宗问他："你的诗赋很好，今天带来了吗？"

孟浩然忙选出一首他自己认为写得很成功的诗朗诵给皇上听：

岁暮归南山

北阙休上书，南山归敝庐。

不才明主弃，多病故人疏。

白发催年老，青阳逼岁除。

永怀愁不寐，松月夜窗虚。

这首诗的大意是：我对做官已经心灰意冷，所以不再向皇上上书提出自己的建议了，还是回南山我的那所破旧的茅草屋吧。自己没有什么才能，所以也得不到皇上的赏识，由于身体多病，与亲友来往少，也疏远了他们。白发催我一年年地老下去，时光像流水一样转眼又是新的一年了，想到自己蹉跎岁月，一事无成，晚上躲在月光下有松影的窗子里，真使人彻夜难眠啊。

唐玄宗听完这首诗很不高兴，特别是诗中"不才明主弃"一句，让他很是恼火。他生气地说："是你自己不来求官，怎么能说我抛弃你？这不是在诗中诬蔑我吗？"

唐玄宗回去后气还没消，于是下了一道圣旨：孟浩然不能中进士。孟浩然不能做官了，只得回去过隐居生活。

孟浩然因一诗得罪了玄宗皇帝，他不想在长安多留居一天。晚上，他站立窗前，望夜色茫茫，繁星闪烁，他的心情久久不能平静。

他想起与玄宗在一起的那一幕，心里一点不觉得后悔。当皇上离开后，王维非常生气地大声说："我真不明白你是怎么想的，千里迢迢赶来应试，皇上非常赏识你的诗才，这是天赐的良机，你为何不吟一首别的什么诗？皇上可是听惯了歌颂奉承的，怎能容你当面奚落他，不赐你一死算是对你的恩典啦！"

孟浩然慢慢坐下，提笔写下了一首《留别王维》诗。

诗中抒发的还是求仕碰壁后苦闷怨愤的感情，这次入长安竟然无功而返，诗人心中是很惆怅的。"不才明主弃，多病故人疏"是一句牢骚语，他与王维还是甚为相知。前二句"寂寂竟何待，朝朝空自归"，直写自己失意，无限愁恨和怨恨之情力透纸背。在长安是这样的难堪，所以三、四句说"欲寻芳草去，惜与故人违"，即那就不如回去了，只好和友人惆怅地告别。五、六句"当路谁相假？知音世所稀"，进一步说明仕进不达的原因就在于无人援引；"知音世所稀"，同时也表达了自己珍视与王维的知音之情。既然求仕无望，诗人再留京城就毫无意义，因而决心回归故园隐居山林，寂寞地度过余生了。

第二天孟浩然早早起来，收拾好了屋内的东西，并将这首《留别王维》诗端端正正地放在了桌上，然后背起行囊离开了王维官衙，匆匆上路了。

寒山寺里的钟声

枫桥夜泊①

张继

月落乌啼霜满天，江枫渔火对愁眠。
姑苏城外寒山寺，夜半钟声到客船。②

注释

①枫桥：位于今苏州市城西。②姑苏城：苏州的别称。寒山寺：因名僧

寒山而得名，亦位于苏州市城西，距枫桥约三里。

译文注释

　　明月落下西山，乌鸦在呱呱啼鸣，霜露满天，夜空充满凉意。我面对江边的枫树、渔船上的灯火，满怀着愁绪，彻夜难眠。姑苏城外响起疏落的钟声，夜半时分传到了我的小船上。

背景故事

　　张继，字懿孙，南阳（今属河南）人。天宝十二载进士及第。至德间为监察御史。大历中在武昌任职，后以检校祠部员外郎，在洪州分掌财赋，任租庸使、转运使判官，卒于任所。这诗中所说的寒山寺，在今天苏州西郊的枫桥镇，这座寺院建于南北朝时，那时叫妙利普明塔院。唐朝有两位高僧寒山、拾得在寺里主事，后人就把该寺叫做寒山寺。如今寺里还供有寒山、拾得的塑像。

　　一个秋天的夜晚，张继乘船路过苏州城外的枫桥，见天色已晚，便停船岸边，在这里过夜。

　　时间已是深秋，夜色正浓，他孤身一人难以入睡。这时，月亮已经西沉，偶尔外面还不时传来几声乌鸦的啼叫，在这幽暗静谧的环境中，他对那种寂寞冷清就格外地敏锐，不觉披衣下床，来到舱门外。

　　在朦胧的夜色中，偶尔传来几声乌鸦的啼叫，江边的树只能隐隐约约看到一个模糊的轮廓。透过雾气茫茫的江面，可以看到星星点点的几处渔家灯火。离这个地方不远的寒山寺，突然间响起了洪亮的半夜钟声，那声音传出很远很远，在张继的客船上回旋，那么悠扬，那么清新……

　　江南水乡秋夜幽美的景色吸引了这位怀着旅愁的客子，使他领略了一种隽永的情味，突然传来的钟声又给他一种别样的强烈感受。他的创作灵感顿时勃发，于是写下了这首意境深远的小诗。

首句从视觉、听觉、感觉三方面写夜半时分的景象，月亮落下去了，树上的乌鸦啼叫，清寒的霜气弥漫在秋夜幽寂的天地。三个主谓短语并列，以简洁而鲜明的形象，细致入微的感受，静中有动地渲染出秋天夜幕下江南水乡的深邃、萧瑟、清远和夜宿客船的游子的孤寂。

枫桥所在水道，只是江南水乡纵横交错的狭窄河道之一，并无茫茫江面。"江枫渔火对愁眠"句，一说是当地有两座桥，一是江桥，一是枫桥，但"江枫"二字本身的美感和丰富的文化内涵，给了我们极大的想象空间。我们姑且想象出一片空阔浩渺的水面（或许这也正是作者当年的想象），岸边有经霜的红枫，水中渔火点点，舟中游子满怀愁绪入眠。山川风物自有它的情致，夜泊的主人公也自有他的情怀，主客体相对独立又巧妙地融合在一起，形成一个和谐而优美的艺术境界。

三、四两句写半夜寒山寺的钟声传到客船。在深秋苍凉静谧的夜空，骤然响起悠远的钟声，该对愁卧舟中的游子的心灵造成多么大的震撼啊！而这钟声来自姑苏城外的寒山古寺，蕴含着丰厚的人文的积淀，包容着佛性的旷达，"给人以一种古雅庄严之感"。但钟声究竟给人何种别样的感受，诗中没多说，只能让读者自己去体会，慢慢地咀嚼。正因如此，短短的四句小诗才给人特别鲜明、强烈的感受，使人回味无穷，永远难忘。

这首脍炙人口的唐诗还曾引起一场很有意思的笔墨官司。

宋代大文学家欧阳修，认为最后一句"夜半钟声到客船"与事实不符，他的理由是寺里自古都是早晨撞钟，晚上敲鼓，晨钟暮鼓已是众所周知的事，寒山寺怎么能半夜敲钟呢？除非和尚撒癔症或是多喝了几杯。他这么一说，后人也多有指责张继的，说他凭空臆造，不尊重事实，还有人更损，说他根本就没去过寒山寺，顶多是白天转了一圈，夜里的事是他想象的。

宋朝诗人陈正敏借住寺中时，夜半听见敲钟就去问和尚。和尚告诉他这是分夜钟，所谓分夜就是说夜与昼相交的时刻，在响钟之后便是次日了，看来和尚计算时间还是挺科学的。由此可见，欧阳修的指责是错的，张继并没有写错。

寒山寺和枫桥，因张继此诗而大大提高了知名度，到苏州的人一定要去瞻仰一番寒山寺，再登一登枫桥，否则便有白来一趟的遗憾。清代有个叫王渔洋的诗人，一次也路过枫桥，特意吩咐在这里停泊过夜。当天晚上，天公不作美，下起了大雨，道路有些泥泞，王渔洋要去看寒山寺，随从人员劝他："天色漆黑，伸手不见五指，况且风雨交加，行走更是困难。"

可王渔洋却兴致勃勃地说："这有什么可怕的，此次留宿枫桥，就是要领略一下张继诗中的夜半钟声。"

于是，他找了件斗篷披在了肩上推门出去，直奔寒山寺。可惜，王渔洋站立风雨之中，却没能听到寺内的钟响，因为不知从何时起，寺里不再在夜半人静时敲钟了。

张继这首诗是在公元756—758年间写的，那时正值安史之乱爆发不久，他是中了进士还没当上官，就到苏州避难。他舟泊枫桥，半夜难寐，写诗消愁，谁知竟留下了千古绝唱。

相约重阳日赏菊

过故人庄

孟浩然

故人具鸡黍，邀我至田家。①

绿树村边合，青山郭外斜。②

开轩面场圃，把酒话桑麻。③

待到重阳日，还来就菊花。④

注释

①具：备办。鸡黍：黍是黄米，古人认为是一种最好的粮食。鸡黍指农家待客的丰盛饭菜。②合：围拢。③轩：窗户。场：打谷场。圃：菜园。话桑麻：闲谈农作之事。④重阳日：即重阳节，古代风俗，重阳节赏菊。

译文注释

老朋友备下了丰盛的菜饭，邀请我来到了他的农家。茂密的树木环绕村庄，隐隐青山在村外横斜。推开窗户面对着禾场和菜园，一边饮酒一边谈论桑和麻。等到重阳节的那一天，我还要来这里观赏菊花。

背景故事

唐玄宗开元十六年（公元 728 年），大诗人孟浩然到长安考进士。落第之后，他来到鹿门山过隐居生活，在那里结交了许多农家好友。

有一天，一位村居的朋友准备好了饭菜，热情地邀请他。他步行来到这个村庄，放眼看去，近处绿树绕村，远处青山逶迤，景色渐次开阔，色彩十分和谐。当诗人来到朋友家里时，看到他家打开的轩窗十分明亮洁净，面对着打谷场和菜园，那田园风光实在令人陶醉。在席间，他们边喝边谈论农事，心情十分愉快。这真是"酒逢知己千杯少"，他们越喝越高兴，越谈越投机。酒足饭饱之后，诗人要和朋友告别，并且表示等到重阳节那一天，再来你家饮酒赏菊，表露出朋友间融洽的真挚情谊。那天晚上，诗人从朋友处回到自己家中，夜不能寐，激动万分，欣然命笔，把自己应邀到朋友家做客的经过，写成了一首情景交融的叙事诗——《过故人庄》。

前两句文字自然简朴，为互敞心扉铺设了一个合适的气氛。故人"邀"而我"至"，文字上毫无渲染，简单而随便。这正是至交之间不用客套的形式。而以"鸡黍"相邀，既显出田家特有风味，又见待客之简朴。正是这种不讲虚礼和排场的招待，朋友的心扉才能够为对方打开。"绿树村边合，青山郭外斜"，为我们描绘了一个清淡幽静的山村，充满了浓厚的田园生活气息。诗人顾盼之间，竟是这样一种清新愉悦的感受，近处是绿树环抱，显得自成一统，别有天地；远处郭外青山依依相伴，使得村庄不显得孤独，并展示了一片开阔的远景。"故人庄"坐落在这样幽静的自然环境中，所以宾主临窗举杯。"开轩面场圃，把酒话桑麻"，更显得畅快，令人心旷神怡，宾主之间忘情在农事上。诗人被农庄生活深深吸引，于是临走时，向主人率真地表示将在秋高气爽的重阳节再来赏菊。

大诗人的风流逸事

遣怀

杜牧

落魄江湖载酒行，楚腰纤细掌中轻。①
十年一觉扬州梦，赢得青楼薄幸名。②

注释

①落魄：此处为漂泊之意。载酒：携酒。楚腰：传说楚灵王好细腰之美

女。诗中指细腰的江南女子。掌中轻：相传汉赵飞燕体轻，能为掌上舞。诗中指扬州妓女。②青楼：旧指精丽的楼房，也指妓女居处。薄：薄情。

译文注释

当年落魄漂泊时在江湖上载酒而行，每天都在细腰苗条的姑娘堆里厮混。在扬州这几年来真像是做了一场梦，醒来时所得到的是青楼歌女们薄幸郎的骂名。

背景故事

史料中记载着杜牧这样一段风流逸事。

唐文宗大和七年（公元 833 年）四月，杜牧在扬州淮南节度使牛僧孺幕中任职。牛很器重杜牧的才能，让他掌管府中的文辞公务，但对他生活上的事却一直不放心，因为杜牧出身贵族，身上有花花公子的不良习气。

扬州城是个繁华的城市，杜牧白天忙完公务，晚上便一个人去逛青楼。牛僧孺知道了这件事，几次想去劝阻，又不好开口，对杜牧的安全也不放心。于是便密派了三十名兵士，在晚上穿上便衣轮流暗中保护他，但是杜牧却一点也不知道此事。

大和九年，杜牧被提升到京都长安就任监察御史，牛僧孺大摆宴席为他送行。酒后，牛不放心地对他说："你前途远大，将来定能有更大的发展，只是有一件事我放心不下，到了京城要检点一下自己的行为，少拈花惹草，要保重自己的身体。"

杜牧有些不高兴地说："我一向很检点，不是你所想象的，但我还是感谢你对我的关心！"

牛僧孺微微一笑，让仆人拿出一个小匣子交给了杜牧。杜牧忙打开一看，里面装的都是一些小纸条，仔细一瞧，上面都写着："某夜，杜书记宴某家，无恙"或"杜书记某夜过某家，无恙"等等。

杜牧这才明白，这些都是牛僧孺所派兵士的密报。知道牛掌握他的一切行踪，而且一直秘密地保护他，他感动得流下了眼泪。

杜牧到达长安后，一直记着牛僧孺的话，又想起扬州那段醉酒噩梦般的生活，写下了这首《遣怀》诗。

此诗是诗人回忆自己在扬州幕僚生活的抒怀之诗。

一、二句追忆昔日扬州生活：漂泊江湖，花天酒地，青楼歌榭，与娇娃美人为伍，放荡不羁，生活放浪。

第三句那发自肺腑的感喟，"十年"与"一觉"两相比照，形成"长久"和"迅速"的对比，更加突出作者感喟之深。而这又完全汇集于"扬州梦"之"梦"字上：昔日的放荡不羁，沉溺酒色；表面上喧闹繁盛，内心却充满忧郁烦恼，痛心疾首，不堪回首。这既是觉醒后的伤叹，也是作者为何"遣怀"悠悠十年扬州往事的症结所在，一场大梦罢了。结句是说，即使是自己曾经迷恋的青楼，也怪罪自己寡义薄情。"赢得"，在自嘲中辛酸与懊悔均袭心头。它是对"扬州梦"进一层的否定，用语看似俏皮轻松，实则忧郁烦恼。人生有几个十年？而立之年自己却又做了些什么？又有什么值得留恋的呢？

从此后，杜牧检点自己的行为，在长安这段时间，很少到青楼去与歌女们厮混。

杜牧在这首《遣怀》诗的第二句"楚腰纤细掌中轻"引用了典故。

战国时楚国宫廷中有许多漂亮的美女，但楚王却喜欢细腰的姑娘，于是宫女们便想尽了一切办法使腰变细，有的用布带裹腰，有的故意少吃饭使腰变细，不少宫女活活饿死。

诗中所言"掌中轻"指的是体态苗条轻盈的宫女，典故来源于汉朝皇妃赵飞燕，传说她身轻如燕，能在人托的盘子上跳舞。

一览众山小

望岳①
杜甫

岱宗夫如何？齐鲁青未了。②
造化钟神秀，阴阳割昏晓。③
荡胸生层云，决眦入归鸟。④
会当凌绝顶，一览众山小。⑤

注释

①岳：古代对高大之山的尊称。此指泰山（今山东泰安市北），又称东岳。②岱宗：指泰山。宗，长之意。泰山被称为"五岳"（东岳泰山、南岳衡山、西岳华山、北岳恒山、中岳嵩山）之首，故称泰山为岱宗。夫（fú）：指代词。齐鲁：春秋时两个国名，齐在泰山之北，鲁在泰山之南，皆在今山东省境内。③造化：指天地和大自然。钟：钟情、聚集、赋予之意。神秀：指山势景象奇异超众。阴阳：山北为阴，山南为阳。割：分割、区分。④荡胸：心中激荡，胸襟开豁。决眦（zì）：决，裂开。眦，眼眶。指睁大眼睛极目远望。⑤会当：应当，一定要。凌：登临、攀登。绝顶：最高峰。众山小：化用《孟子·尽心上》之句："孔子登东山而小鲁，登泰山而小天下。"表现出诗人开阔的心胸和气魄。

译文注释

泰山啊，你到底怎么样呢？你莽莽苍苍，郁郁葱葱，耸立在望不到头的齐鲁大地上。大自然造化了泰山的神奇秀丽，又把它的景色在傍晚和早晨分割开来，只见山中云气迷漫，看后觉得胸襟激荡开阔，久久凝望后眼睛疼得受不了，但还是不愿离去，一直到傍晚归鸟入林宿息。登上泰山顶峰，那时再看周围的山峰，显得又矮又小了。

背景故事

　　杜甫（公元 712 年 -770 年），字子美，诗中常自称少陵野老，祖籍襄阳（今属湖北），自其曾祖时迁居巩县（今属河南）。杜审言之孙。自幼好学，知识渊博，颇有政治抱负。开元后期，举进士不第，漫游各地。天宝三载（公元 744 年）在洛阳与李白相识。后寓居长安（今属陕西）将近十年，未能有所施展，生活贫困，逐渐接近人民，对当时的黑暗政治有较深的认识。靠献赋始得官。及安禄山军陷长安，乃逃至凤翔，谒见肃宗，被任命为左拾遗。长安收复后，随肃宗还京，不久出为华州司功参军。不久弃官往秦州、同谷。又移家成都，筑草堂于浣花溪上，世称浣花草堂。一度在剑南节度使严武幕中任参谋，武表为检校工部员外郎，故世称杜工部。晚年携家出蜀，病死湘江途中。

　　杜甫的诗大胆揭露当时社会矛盾，对统治者的罪恶作了较深刻地批判，对穷苦人民寄以深切同情。他善于选择具有普遍意义的社会题材，反映出当时政治的腐败，在一定程度上表达了人民的愿望。许多优秀作品显示出唐代由开元、天宝盛世转向衰微的历史过程，故被称为"诗史"。在艺术上，善于运用各种诗歌形式，风格多样，而以沉郁为主；语言精练，具有高度的表达能力。继承和发展《诗经》以来的优良文学传统，成为我国古代诗歌的现实主义高峰，起着继往开来的重要作用。《兵车行》、《自京赴奉先县咏怀五百字》、《春望》、《羌村》、《北征》、《三吏》、《三别》、《茅屋为秋风所破歌》、《秋兴》等诗，皆为人传诵。有《杜工部集》。

杜甫在 3 岁那年母亲便去世了，他被寄养在洛阳的二姑母家里，姑母一家人都非常喜欢他，他们不但从生活上关心照顾杜甫，对他的读书学习也要求得特别严格。

在大人的正确引导和耐心帮助下，杜甫从小便养成了刻苦读书、勤奋学习的好习惯，而且进步很快，他 7 岁便能作诗。有一天，杜甫坐在家里的小板凳上琅琅读诗，在屋外做活的二姑母听到这悦耳动听的诗句，忙放下手中的活儿大声问："侄儿，今天你在读谁的诗呢？"杜甫高兴地说："二姑母我在读自己作的诗。"

二姑母忙走进屋里，拿过杜甫读的诗稿，这是一首叫《凤凰》的诗。二姑母也高兴地同他大声朗读起来。读完后，她开心地说："凤凰是百鸟之王，嗓子清脆，唱出的歌最动听了，你将来一定能做诗国中的凤凰，比任何诗人唱得都好听！"杜甫受到了表扬，读书的兴趣更浓了，写诗的劲头也更足了，他每天写呀、读呀，从不间断。

14 岁那年，二姑夫把他推荐给了当时洛阳城里诗文非常有名望的地方官崔尚和魏启心。杜甫经常登门求教，同他们互相往来谈论诗文，崔尚和魏启心虽年龄比杜甫大二三十岁，但他们都非常欣赏杜甫的才华，尊重这位有才华的小诗人，并同他结成了忘年之交。

虽然得到前辈诗人的肯定，但杜甫从不自满，学习写诗更加刻苦。他通过自己刻苦读书的感受写下了"读书破万卷，下笔如有神"的千古绝句。他决心像著名文学家、史学家司马迁那样，行万里路去开阔眼界，增长见识，提高文学修养。从 20 岁起，他便漫游祖国的大好河山，24 岁那年他来到齐鲁大地上，刚一到泰山，望见莽莽苍苍一眼望不到头的岳岭群峰，顿感诗兴大发。第二天，当他兴致勃勃、气喘吁吁地登上山顶，高兴得不知道怎样形容才好，他揩擦了满脸的汗水，又认真地揣摩了片刻，便大声地吟出了那几句流传至今的绝唱《望岳》。

此诗由"望"而"赞",再现了泰山的高峻雄伟,意境开阔,表现了诗人青年时代蓬勃朝气与非凡的胸襟。

第一、二句写远望之貌。首句"岱宗夫如何"以设问起,写出了初见泰山时的那种喜悦、惊叹、仰慕之情。泰山为五岳之首,故称岱宗。"夫如何",就是"怎么样呢"。

第二句"齐鲁青未了"是对"夫如何"的回答。诗人不直接回答泰山有多高、多大,而以古代齐、鲁两国之地来展示泰山跨越之宽广,泰山之高大也就不言自明。"青未了"写远望泰山的总体印象:蓊蓊郁郁、绿绿葱葱。"未了"二字更有两层含义:就纵向时间而言,千百年来泰山都是如此蓊绿不褪;就横向的空间而言,千数百里青绿盎然,绵延不断,展现了泰山的巍峨气势和壮美色彩。

第三、四句写近望之景。如果说远望是大笔勾勒、写意的话,那么近望则近似工笔了。你看,"造化钟神秀",仿佛大自然都钟情于泰山,使它灵动而秀丽,巍峨而博大。"阴阳割昏晓",泰山本身由于高大,竟然能区分出阴阳昏晓来。因为泰山南向口为阳,泰山北背日为阴。山南向日已晓之时,山北背日仍为昏暗。这是由近望而显现泰山之山势特点。

第五、六句写细望之感。细望泰山,云层叠叠,盘旋缭绕;倦鸟归林,暮霭重重。

如此从早到晚的细望,壮美的山势山景触发了诗人的主体感受,睁大眼睛专注地观赏层云、归鸟之时,胸中不免激起浩然之气,顿觉眼界大开,视野开阔。

第七、八句写极望之情。

什么"情"呢?登临而览之情!所以,诗人用"会当"二字表登攀之决心;"凌绝顶",述登攀之顶点。然后再俯望群山,体会孔子所云"登泰山而小天下"之豪情。这两句结语充分表达了青年杜甫虽考场失意,仍充满不怕困难、俯视一切的雄心壮志和豪迈气概。

杏花村的美酒

清明

杜牧

清明时节雨纷纷，路上行人欲断魂。①
借问②酒家何处有，牧童遥指③杏花村。

注释

①断魂：形容凄迷哀伤的心情。②借问：请问。③遥指：远远地指着。

译文注释

　　清明时节来到了，这时又下起了淅淅沥沥的小雨，路上的行人在这上坟扫墓的日子里，本来心境就很不好，再加上被细雨淋湿了衣衫，那心境便更加凄迷纷乱了。当时，诗人很想找一个小酒店来避避雨，歇歇脚，小饮几杯，抵挡料峭春寒，但是到哪里去找酒店呢？又去向谁问路呢？这时，他见到了一个放牧的小孩，便走上前去问路："哪里有酒店呢？"牧童用手一指，诗人顺着牧童手指的方向望去，在很远的地方，蒙蒙的细雨中，露出一家酒店的招帘，在静静地等候着雨中行路的客人，那里就是流传至今的杏花村。

背景故事

杜牧的这首小诗，整篇通俗易懂，写得洒脱自如，毫不造作。全诗音节和谐圆满，景象清新，意蕴十分优美，趣味朴实盎然，千百年来深受人们的喜爱，为世代家喻户晓的绝句。

山西杏花村的白酒，醇香可口，年代久长。考古工作者在这里曾发掘出很多汉代的酒器和酿酒的工具。这里大规模酿造白酒是在一千五百多年前的北魏时期，到了唐代，村内酒店已达72家，诗人有"处处街头揭翠帘"之句。

北齐武成帝高湛的侄儿高孝喻在邺城封康舒王。高湛非常想念杏花村的汾酒，所以在给封在外地的侄儿写信，也没有忘记向他推荐当地的美酒。信中说："我喝过汾酒两杯，至今回味无穷，劝你在邺城一定要多喝几杯。"

明末农民起义军领袖李自成在渡黄河北上时，途中经过杏花村，村民们向他献酒，李自成将一位村民献上的一碗美酒一饮而尽，觉得此酒香醇无比，赞不绝口，便欲在石碑上题字称颂一下，思忖了片刻，然后写下了"尽善尽美"的赞语后，才领兵继续进发。传说，杏花村为此曾一度改名为"尽善村"。

使杏花村久远闻名于世的，还是唐代大诗人杜牧留下的这首千古传诵、家喻户晓的《清明》诗。

清明，是气候容易发生变化的期间，这"雨纷纷"，在此自然毫无疑问是形容那春雨的意境的，可是它还有一层特殊的作用，那就是，它实际上还在形容着那位雨中行者的心情。

且看下面一句："路上行人欲断魂"。"行人"，是出门在外的行旅之人。"断魂"，是用于形容那种十分强烈、可是又并非明白表现在外面的深藏的感情。在古代风俗中，清明节是个色彩情调都很浓郁的大节日，本该是家人团聚，或游玩观赏，或上坟扫墓；而今行人孤身赶路，触景伤怀，心头的滋味是复杂的。偏偏又赶上细雨纷纷，春衫尽湿，这又平添了一层愁绪。因而诗人用了"断魂"二字。

前二句交代了情景，接着写行人这时涌上心头的一个想法：往哪里找个小酒店才好。于是，他向人问路了，得到了牧童的回答。

"遥"，字面意义是远。然而这里不可拘守此义。这一指，已经使我们如同看到隐约红杏中的酒旗了。"杏花村"不一定是真村名，也不一定即指酒家，含蓄的写法更能激起读者的想象。

诗到此就戛然而止，为读者提供了远多于诗篇字句之含意的想象余地。这就是艺术的"有余不尽"。

据说唐代许多诗人都来过杏花村，李白和杜甫也曾到过这里，在此地饮酒赋诗。但是杜牧这首诗通俗易懂、朗朗上口，杏花村的名字便不胫而走，为天下人共知。从此后，杏花村酒坊由此而兴旺发达，据传说到了清代，这里的酒店已增至二百多家。

无官一身轻的悠然生活

渔歌子①

张志和

西塞山前白鹭飞，②桃花流水鳜鱼肥。③
青箬笠，绿蓑衣，④斜风细雨不须归。

注释

①此调原为唐教坊曲，又名《渔父》和《渔父乐》。②西塞山：即道士矶，在湖北大冶县长江边。③鳜（guī）鱼：俗称"花鱼"、"桂鱼"。④箬笠：用竹篾编成的斗笠。

译文注释

西塞山前，白鹭展翅飞翔，

桃花盛开，春水初涨，鳜鱼正肥美。

渔夫戴上青色的斗笠，披上绿色的蓑衣，

斜风拂面，春雨如丝，正好垂钓，用不着回家。

背景故事

春天迈着姗姗的脚步终于走来了。

西塞山上飞来了一大群白鹭，在山上盘旋，在溪水中嬉戏。溪水一路欢畅流过，湖上漂泊着一只打渔的小船……

这时，湖上传来一个姑娘悠扬动听的歌声：

"西塞山前白鸳飞，桃花流水鳜鱼肥。

青箬笠，绿蓑衣，斜风细雨不须归。"

歌声在西塞山上空回荡，一直飞出很远很远，这就是大诗人张志和所写的一首词。

这首词描写了江南水乡春汛时期捕鱼的情景。有鲜明的山光水色，有渔翁的形象，是一幅用诗写的山水画。

首句"西塞山前白鹭飞"，"西塞山前"点明地点，"白鹭"是闲适的象征，写白鹭自在地飞翔，衬托渔父的悠闲自得。次句"桃花流水鳜鱼肥"，意思是说：桃花盛开，江水猛涨，这时节鳜鱼长得正肥。这里桃红与水绿相映，是表现暮春西塞山前的湖光山色，渲染了渔夫的生活环境。三四句"青箬笠，绿蓑衣，斜风细雨不须归"，描写了渔夫捕鱼的情态。渔夫戴青箬笠，穿绿蓑衣，在斜风细雨中乐而忘归。"斜风"指微风。全诗着色明丽，用语活泼，生动地表现了渔夫悠闲自在的生活情趣。

唐代诗人张志和（公元 730-810 年），金华人。在朝廷做过小官，后来隐居江湖，自称烟波钓徒。这首词就借渔夫生活来表现自己隐居生活的乐趣。词中描写的水乡风光和渔人生活，寄托了作者向往自由、热爱自然的情怀。而词中春江水涨、烟雨迷蒙的图景，雨中青山，江上渔舟，天空白鹭，两岸红桃，色泽鲜明但又显得柔和，气氛宁静但又充满活力。反映出作者悠然脱俗的意趣。

张志和在唐肃宗时考中进士，被朝廷封侍诏翰林。但刚直不阿的他不愿奴颜婢膝，终不得志，后退隐江湖，自称"烟波钓徒"。他常常驾着一条小船荡游，有时也坐在岸边垂钓，但他钓鱼不用鱼饵，只是乐于赏景而意不在鱼。

天长日久，他和打鱼的人经常往来，写出不少诗章。他根据打鱼的人所唱的山歌的曲调，写出了五首《渔歌子》词，通俗自然，朗朗上口，打鱼的人非常喜欢他写的诗，也经常把他们打的鱼送给他尝鲜。

张志和病逝后，他的著名诗章《渔歌子》于公元 832 年经日本遣唐使传入日本，当时的嵯峨天皇非常欣赏这首诗，在日本广为流传。

第四辑

忧时篇

　　自古文人多强项。虽说书生总以文弱的形象展示世人，可是他们却心系天下、胸怀国家、关注时局、忧国忧民。当朝政荒废，统治者贪图享乐时，他们会进良言劝谏；当国破家亡之时，他们会用自己的诗篇抒发世人的感伤；当遭遇外侮时，他们会发出同仇敌忾的抗战之声；当国事颓废之时，他们也会发出励精图治的呐喊；当民不聊生时，他们又会敞开博爱人道的胸怀。这就是文人，这就是书生，是用笔和纸抗争的战士。

闻官军收复失地时的喜悦

闻官军收河南河北

杜甫

剑外忽传收蓟北，初闻涕泪满衣裳。①

却看妻子愁何在，漫卷诗书喜欲狂。②

白日放歌须纵酒，青春作伴好还乡。③

即从巴峡穿巫峡，便下襄阳向洛阳。④

注释

①剑外：剑门关以南之地，也称剑南，代指蜀地。蓟（jì）北：河北蓟州之北，泛指河北北部，安史叛军的老巢所在。②却看：再看。漫卷：随便地卷起来。③白日：指阳光明媚。青春作伴：指焕发青春及沿途春色作伴。④巴峡：指四川东北部巴江（嘉陵江）中的峡。杜甫此时在梓州（四川三台），须由涪江入嘉陵江再入长江出川。巫峡：四川巫山县东，长江三峡中长而秀丽之峡。

译文注释

在剑外忽然听说唐军收复了蓟北一带，激动得泪水浸湿了衣裳。看看我的妻子脸上的愁容也没有了，我胡乱地收拾诗书，欣喜若狂。白天高声歌唱开怀痛饮，在春天明媚的阳光下返回故乡，马上从巴峡穿过巫峡，从襄阳一直奔向洛阳。

背景故事

唐肃宗宝应元年（公元762年）冬十月，唐王朝官军在洛阳打败叛军，进取东都，河南平定。史思明之子史朝义败走河北，广德元年（公元763年）春，叛军幽州守将李怀仙向朝廷请降，史朝义兵败逃至广阳，自缢而死，李怀仙砍掉他的头颅斩献给朝廷，河北平定。此时杜甫正寓居在梓州（今四川三台），忽然听到官军收复河南河北的消息，长达七八年的安史之乱终于结束了。他欣喜若狂，感到回家又有了希望，于是挥笔疾书，写下这首诗。

诗的首联"剑外忽传收蓟北，初闻涕泪满衣裳"。写听到"收蓟北"时的欣喜情态。"忽传"指消息来得突然。即突然之间，蜀中大地遍传官军收复蓟北的胜利消息，七八年战乱带来的流离即将结束，真是悲喜交集，禁不住"涕泪满衣裳"！这是喜极而悲，悲极而喜的表现！

颔联"却看妻子愁何在，漫卷诗书喜欲狂"。诗人悲喜交集之际，自然想到与自己同受战乱苦难的妻子儿女，因此回头一看，他们满脸的愁云不知到哪里去了，也是喜笑颜开，喜气洋洋。于是，自己也无心伏案，随手卷起诗书，与家人同喜同乐。此联中的"却看"和"漫卷诗书"是两个连续动作，把"喜欲狂"的情态形象化了。以动作表情，起到了无声胜有声的作用。

颈联"白日放歌须纵酒，青春作伴好还乡"。诗人紧扣"喜欲狂"，以对妻子言说的口吻，说道：我们应该在这大好的日子里"放歌"、"纵酒"，欢庆胜利。我们还应以返老还童的心情，焕发青春，与青春年少的儿女一起，在这春光明媚之际，作伴还乡。这是诗人"聊发少年狂"的"狂态"，表现了喜极之情。

尾联"即从巴峡穿巫峡，便下襄阳向洛阳"！说到"还乡"，诗人的思想已鼓翼而飞，身在梓州，而"心"已沿着涪江入嘉陵江穿巴峡，再入长江出巫峡，顺流急下至襄阳，再转陆路向洛阳，回到了故乡。惊喜的感情波涛有如洪峰迭起，奔涌向前，一泻千里，表现了诗人乍闻胜利消息时的热烈心情和回乡的急切愿望。

诗人杜甫一生写下了许多忧国忧民的著名诗篇，大多数情调低沉，像这样欣喜欢快的诗歌很少。这充分体现了广大劳动人民饱受战乱之苦，渴望安定生活的迫切心情。

公元 767 年，杜甫听说平定安史之乱的河北节度使到长安拜见皇上，兴奋之余又写下了一首诗。

承闻河北诸道节度入朝欢喜口号绝句（二）

十二年来多战场，天威已息阵堂堂。

神汉汉代中兴主，功业汾阳异姓王。

这首诗的大意是：十二年来到处都在打仗，现在才算结束了，皇上是神灵威严的君主，但更主要的功劳是汾阳郡王郭子仪。

诗中的郭子仪是唐代著名的将领。他为平定安史之乱立下了赫赫战功，他功劳显赫，贤明正义，深受百姓爱戴和群臣拥护，代宗皇帝既离不开他，又怕他取而代之。历史上曾流传下这样一段故事：

唐代宗的女儿升平公主嫁给了郭子仪的儿子郭暧。一天晚上，小两口因一些琐事吵起架来，升平公主大声嚷道："我父亲是当朝皇上，你敢对皇帝的女儿如此无理！"郭暧一气之下也不示弱："你爸爸当皇帝有什么了不起？我爸爸功德无量，还不愿意当皇帝呢！"

在封建社会的唐朝，这种冒犯皇上的话没人敢说。公主听罢大怒，添枝加叶禀报皇上说："郭子仪一家对皇上不忠不孝，郭暧说他父亲要篡权当皇帝。"

代宗很不高兴地说："如果他爸爸有篡夺皇位之心，那天下就不是我们家的了。"

郭子仪知道后立即带儿子郭暧进宫请罪，请皇上原谅。

唐代宗满不在意地说："咳！小女儿的话我怎么能够相信呢？"

事后，郭子仪将儿子郭暧捆绑起来痛打一顿才算了结。

但唐代宗对此事却一直耿耿于怀，对郭子仪更加不放心，国政大事不让他处置。安史之乱彻底平息后，他将郭子仪罢免回家。

寒食节

寒食①

韩翃

春城无处不飞花，寒食东风御柳斜。②
日暮汉宫传蜡烛，轻烟散入五侯家。③

注释

①寒食：《荆楚记》："去冬至一百五日，即有疾风甚雨，谓之寒食，禁火三日。"②春城：春天的长安城。③传蜡烛：寒食节普天下禁火，但权贵宠臣可得到皇帝恩赐而燃烛。五侯：东汉桓帝时的五名把持朝政的大宦官。

译文注释

暮春的长安城无处不飞舞着柳絮杨花，寒食时节宫中御柳在春风中动荡倾斜。傍晚时汉宫正分赐蜡烛，轻烟袅袅散入五侯之家。

背景故事

清明节的前两天是寒食节，这是从春秋时传下的。据说是晋文公为了怀念抱木焚死的介子推而定下的，按古代风俗习惯，这一天白天禁烧火，夜晚禁点灯，人们只好摸黑吃冷的饭菜。

暮春时节，春风徐徐，杨柳吐絮，万紫千红，整个长安城充满了春意。按习俗，寒食节这天人们采来柳条插在门上，到了晚上，皇帝把蜡烛赐给宠爱的皇亲国戚，皇帝赐给的烟火四处飘散在侯门之家。也可以理解为，那些皇亲国戚的特权人家是不禁止烟火的。

韩翃是唐朝中期诗人，南阳（今河南省沁阳县）人。公元754年考中进士，曾在朝廷做过小官，安史之乱后，流浪江湖。

《寒食》是他在长安时所作。寒食节这天，他在长安街漫游，被这暮春的景色迷住了。见眼前杂树飞花，落英缤纷，他情不自禁地赞叹："皇都今日春意常在。"他被春的气息陶醉了，一直待到暮色降临。这时，皇宫里闪出一团团烛光，这是太监们在走马传烛。一会儿，烛光通明，一片亮亮堂堂，烛芯燃烧后冒出了缕缕青烟，穿过雕梁画栋的宫殿，飞出了宫廷楼堂，而宫廷外却是一片漆黑，埋在深深的暮色里。

韩翃感慨万端，唐玄宗李隆基宠任杨贵妃的哥哥杨国忠担任宰相，杨氏兄妹权势显赫，作威作福。这时，也只有皇帝宠臣能点灯燃烛，这是皇上的恩赐，这多么像东汉梁氏五侯专断朝政20年的历史啊。

回到住处，诗人韩翃提笔写下这首《寒食》诗。

这是一首借古讽今的讽刺诗。汉宫，暗喻唐宫。五侯，暗喻唐朝的政要。唐代诗人惯于在作品中借用汉代的典故，实指唐代当时的事。

后来，这首诗传入宫廷，深受皇上的赞赏。唐德宗时，皇宫里缺少为皇帝起草诏书的人。有关方面两次向皇上推荐人才，德宗都看不上，因而不批。第三次请示，问皇帝让谁来干这个差事好，德宗批示说："让韩翃来。"

当时，有两个韩翃：一是诗人，一是江淮刺史。下面办事的人不知道皇上是两个都要，还是要其中的一个，在请示任命的奏折上把两个韩翃都写上了。

德宗一看，心想：你们真不明白我的意思，写诏书，当然要找有文才的。又批示说："让写'春城无处不飞花，寒食东风御柳斜。日暮汉宫传蜡烛，轻烟散入五侯家'的那个韩翃来。"

可见，韩翃这首绝句《寒食》，在当时就深入人心了。当然皇帝并没有深刻领悟此诗后两句的讽刺意味，只认为这首诗写得美。

男儿当自强

行路难

李白

金樽清酒斗十千，玉盘珍馐直万钱。①
停杯投箸不能食，拔剑四顾心茫然。②
欲渡黄河冰塞川，将登太行雪满山。③
闲来垂钓碧溪上，忽复乘舟梦日边。④
行路难，行路难！多歧路，今安在？⑤

长风破浪会有时，直挂云帆济沧海。⑥

注释

①清酒：清醇的美酒。斗十千：一斗酒值钱十千。斗：古代量酒的容器。珍："羞羞"通"馐"，珍美的菜肴。②箸（zhù）：筷子。顾：望。③太行：即太行山。④垂钓碧溪：用吕尚遇文王典故传说吕尚未遇周文王时，曾在渭水的碧溪上钓鱼。⑤安：哪里。⑥长风破浪：《晋书》："宗悫少时，叔父炳问其志。悫曰：'愿乘长风破万里浪。'"济：渡。

译文注释

金杯里的美酒价钱极高，玉盘中珍奇的菜肴价值万钱。我停下酒杯，掷下筷子，无法下咽，拔出宝剑，张目四望，心中一片茫然。我想渡过黄河，却冰塞河川，我想登上太行，却大雪封山。姜尚未遇文王时曾在碧溪垂钓，伊尹受商汤聘用前忽梦乘舟过日月之边。行路难，行路难，岔路多，我要走的正路在何方？我将乘长风破巨浪，必定有那一天，挂起高大的风帆，渡过大海。

背景故事

唐玄宗天宝元年（公元 742 年），李白受到友人的推荐，被召入京，担任一个供奉翰林的闲职。

天宝三年，他终因宦官高力士、驸马张土自和杨贵妃等人的谗毁，被迫离开长安。屈辱的两年过去了，在这即将离开长安的时刻，朋友们设宴为他饯行。

长安两年留给他的尽是打击、愤懑和不平。诗人常常感到孤独寂寞，而眼前的融融友情，深深地打动和感染了他。诗人是纯情的，他的心被友谊充溢着，多么温暖而甜蜜，而离别又是多么地令人神伤。

酒席摆好了，尽是美味佳肴，还有李白特别嗜好的酒。"也许今后没有见面的机会了，"李白想，"应该给朋友们留下一点儿纪念。"于是，诗人告诉朋友们，他将即席赋诗，给他们留作永远的回忆。朋友们拍手叫好，有的人高兴得跳了起来，有的人情不自禁地哼起了已经谱过曲的李白诗。

看着眼前丰盛的酒席，李白的眼睛湿润了。他想，今天一定要一醉方休，以酬众人深情。突然，他举到空中的酒杯停住不动了，慢慢地放下酒杯，筷子也扔下了。他想起了自己的遭遇，抱负远大却不能实现，才华横溢不但得不到重用，反而惨遭诋毁，所有的理想几乎都成了泡影。真想到野外没有人的地方放声大哭一场。他抑制住内心的悲哀，迅速拔出腰间的佩剑，舞啊舞啊，到头来变得神情呆滞，显出无所适从的样子。

朋友们都来劝他。他终于又一次坐下了。唉，人生的艰难何止我遇到的？想要渡黄河而厚冰堵塞，想要登太行而风雪满天。这种现象在自然界中，在现实生活中见得太多太多了，见怪不怪了，人总有时来运转的时候，姜尚90岁垂钓，才遇到文王；伊尹在受商汤聘请前只能做乘舟绕日月的美梦。姜尚、伊尹他们难道预见自己会得到重用吗？

想到这儿，李白脸上的愁云逐渐散去，露出他固有的乐观而又自信的神色。

他虽然是一位感情强烈的诗人，但过多的打击和挫折，使他慢慢学会了冷静地看待现实。是啊，人生的道路是艰难曲折的，岔路弯道很多，有时竟不知路在哪里。

朋友们都为他的振作高兴。事实上，他对自己的前途充满了自信，政治抱负总有实现的时候。到那时，乘风破浪的艰辛和乐趣只有我自己知道。

李白的精神立即昂扬起来，与朋友们在酒席上谈笑着，似乎并没有发生刚才的不快。酒喝多了，有点儿飘飘然，他提起笔一挥而就，写出了自己刚才的心灵变化和心理感受。呈现在朋友们面前的便是这首《行路难（其一）》。

《行路难》共三首，均写于诗人遭被谗失意之后。这首诗沿用汉乐府旧题，失望与希望并存，抒发了诗人对朝廷黑暗、仕途艰难的抑郁不平的激愤之情，反映了身处逆境时的苦闷和不屈不挠的追求与探索精神，诗中矗立着这位胸怀大志而命运不济的诗人的形象。

诗的前四句描述了自己心中一片茫然的情态。接着，诗人用富于比喻意义的"冰塞川"、"雪满山"来象征自己仕途受阻的艰难处境，展示内心痛苦：想渡过黄河，却被坚冰阻塞；想登上太行，却被满山的白雪阻拦。这两句也解释了前面"心茫然"的缘由，点明题目中世路多艰的本意。但是，诗人并不甘于消沉，他从吕尚垂钓、伊尹梦日的传说中得到了启示，表明自己对前途仍然抱有希望，对朝廷尚存幻想，并未完全丧失信心。然而，以往的经历和眼前的处境又使他陷入迷惘，不得不再三慨叹行路艰难，岔路这么多，今后不知将置身何处？"行路难，行路难！多歧路，今安在？"这节奏短促的感叹与发问，真实地展现了诗人的苦闷与彷徨。但李白毕竟是一位性格豪放、洒脱的人，所以诗的最后两句，又再一次挣脱精神的羁绊，从苦闷和彷徨中振作起来。他借南朝宗悫的话形容自己志向远大，对未来充满信心，坚信一定会有时来运转，施展抱负，乘风破浪的那一天，到那时要挂起高帆渡过茫茫大海——干一番轰轰烈烈的事业。

追求享乐，误国害民

过华清宫绝句三首（其二）

杜牧

新丰绿树起黄埃，数骑渔阳探使回。

霓裳一曲千峰上，舞破中原始下来。

译文注释

新丰这地方绿树掩映，大道上泛起阵阵黄尘，当年皇帝派出到渔阳探听安禄山的数名骑士回来了，华清宫中的霓裳羽衣舞仍在继续，乐曲在骊山群峰上回荡，那美妙的歌舞直到叛军们打进长安才肯休止。

背景故事

唐玄宗后期整天沉溺于酒色歌舞之中，将国政军事交给杨国忠之流。安禄山在范阳招兵买马，积草屯粮，扩充自己的力量。他掌管着唐朝大量军队，在军队中重用大批胡人为军中将领，等待时机叛乱谋反，朝廷中许多大臣都有觉察，太子李亨和群臣们多次上书玄宗，说安禄山在范阳扩充军队，很可能有谋反的行为，让皇上多加提防。

一天，唐玄宗对身边的高力士说："近几年，我把朝政交给宰相，边境事务交给将军们，也不知怎么样了？"

高力士忙回答："国泰民安，皇上您就尽情地享清福吧。"

高力士接着又说："臣听说边境不太稳定，北方将领安禄山的兵权太大，一旦发生变化，恐怕不可收拾。"

唐玄宗听罢想了想说："你不用再说了，我会处理好的。"

天宝十四年，唐玄宗多次听说安禄山有谋反的迹象，他叫来杨国忠问道："你说安禄山有谋反的可能吗？"

杨国忠回答："群臣都这样讲，我看也有谋反的可能！"

玄宗问："那怎么办？"

杨国忠说："召安禄山回朝，谎称封他做宰相，另派三名可靠的大将分别掌管范阳、平卢、河东三镇兵权，这样不就安全了。"

玄宗又问："如果传言是假的，禄山对君主忠心，岂不冤枉于他。"

杨国忠说："可以派人去暗中打听，明里说是皇上派人看望众将士。"

玄宗同意了杨国忠的主意，于是派宦官辅谬琳等人带了珍果去赐给安禄山。玄宗的图谋很快被安禄山识破，用重金收买了前去密探的几位宦官，辅谬琳等人收受了贿赂，回来后说了安禄山很多好话，杨国忠献的妙计也不用了，唐玄宗也放心了，整天还是安心地沉浸在酒色歌舞中。唐玄宗觉得派人暗查安禄山，结果是安禄山对君主忠心耿耿，如果再说他谋反，岂不是诬陷忠良。从此后凡有说安禄山反叛的人，玄宗就派人将他捆绑起来送到范阳交安禄山处置。

可唐玄宗做梦也没想到，他享乐的日子就要结束了，就在他整日沉溺于花天酒地的时候，这年十一月，安禄山果真在范阳起兵叛乱，很快打过黄河，直逼京城长安，唐玄宗这才惊慌失措地带着杨贵妃等仓皇逃往四川。

诗人杜牧在安史之乱的七八十年后路过华清宫，回想起这段往事，写下了这首七绝讽刺诗。

诗中"新丰绿树起黄埃，数骑渔阳探使回"，是描写探使从渔阳经由新丰飞马转回长安的情景。这探使身后扬起的滚滚黄尘，是迷人眼目的烟幕，又象征着叛乱即将爆发。

诗人从"安史之乱"的纷繁复杂的史事中，只摄取了"渔阳探使回"的一个场景，是颇具匠心的。它既揭露了安禄山的狡黠，又暴露了玄宗的糊涂，有"一石二鸟"的妙用。

如果说诗的前两句是表现了空间的转换，那么后两句"霓裳一曲千峰上，舞破中原始下来"，则表现了时间的变化。前后四句所表现的内容本来是互相独立的，但经过诗人巧妙地剪接，便具有了互为因果的关系，这种手法暗示了两件事之间的内在联系。而从全篇来看，从"渔阳探使回"到"霓裳千峰上"，是以华清宫来联结，衔接得很自然。这样写，不仅以极俭省的笔墨概括了一场重大的历史事变，更重要的是揭示出事变发生的原因，诗人的构思是很精巧的。

将强烈的讽刺意义以含蓄出之，尤其是"霓裳一曲千峰上，舞破中原始下来"两句，不着一字议论，便将玄宗的耽于享乐、执迷不悟刻画得淋漓尽致。说一曲霓裳可达"千峰"之上，而且竟能"舞破中原"，显然是极度地夸张，但这样写却并非不合情理。因为轻歌曼舞纵不能直接"破中原"，中原之破却实实在在是由统治者无尽无休的沉溺于歌舞造成的。而且，非这样写不足以形容歌舞之盛，非如此夸张不能表现统治者醉生梦死的程度以及由此产生的国破家亡的严重后果。此外，这两句诗中"千峰上"同"始下来"所构成的鲜明对照，力重千钧的"始"字的运用，都无不显示出诗人在遣词造句方面的深厚功力，有力地烘托了主题。

我辈岂是蓬蒿人

南陵别儿童入京①

李白

白酒新熟山中归，黄鸡啄黍秋正肥。
呼童烹鸡酌白酒，儿女嬉笑牵人衣。
高歌取醉欲自慰，起舞落日争光辉。②
游说③万乘苦不早，著鞭跨马涉远道。
会稽愚妇轻买臣，余亦辞家西入秦。④

仰天大笑出门去，我辈岂是蓬蒿人。⑤

注释

①此诗又题为《古意》。南陵：一种说法是在东鲁，"曲阜县南有陵城村，人称南陵"。一种说法是在今安徽南陵县。②起舞句：人逢喜事光彩焕发，与日光相辉映。③游说：凭口才说服别人。万乘：君主。周朝制度，天子地方千里，车万乘。后来称皇帝为万乘。苦不早：恨不早就去做。④秦：指长安。⑤蓬蒿人：草野之人。

译文注释

我刚从山中回来，知道家乡又酿出了新酒，正在啄食的黄鸡也长得很肥。便叫孩子们杀鸡烹熟了再备上新酿的酒，儿女们高兴地牵着我的衣裳边唱边跳。酒兴正浓时便起身舞剑，剑光闪闪与落日争辉。只怨我被皇帝发现得太晚了，如今我就要跨马扬鞭远道而行了。朱买臣的愚妻嫌家贫而离开了他，我是告别家乡西去长安。出门前我仰天大笑，我李白岂是在草野上默默无闻过上一辈子的人？

背景故事

李白（公元 701—702 年），字太白，号青莲居士。

传说李白母亲生他的时候，梦见太白金星落入怀中，所以就给他起名为太白。他是我国历史上最伟大的浪漫主义诗人，存诗一千多首，在中国乃至世界文学史上，都有着很高的地位。

李白天资绝高性格清奇，嗜酒如命，诗才如仙，自号青莲居士，人称谪仙。

李白一向就有远大的抱负，但一直找不到实现的机会。他不屑于参加科举考试，因为这和他"不屈己，不干人"的性格和"一鸣惊人，一飞冲天"的宏愿不相符合。所以，他从 26 岁开始漫游生活，一方面干谒交游，另一方面，他也想走"终南捷径"，即故意隐居深山来树立声誉，从而得到重用。

天宝元年，李白 42 岁时，他到了长安，遇到太子宾客贺知章的时候，贺知章惊呼一声"真是天上的神仙下凡一样"，因为李白的气质实在是太潇洒飘逸了，后来两人结为亲密好友。贺知章的大力宣传，使得李白的名声在京城里很快就传开了。

传说李白还是听了贺知章的建议，准备参加考试。为了使他容易地考中，贺知章专门去向主考官杨国忠和太监高力士说情。这两人不知道私下收受了考生多少贿赂呢！见贺知章来说情，以为贺知章也接受了李白的贿赂，所以记住了李白的名字。

交卷的时候，杨国忠随手将卷子一涂："这样的考生，只配给我磨墨。"高力士接着骂道："磨墨也不配啊，只能为我脱靴。"两人故意没有录取他。李白知道以后，着实气坏了。

巧的是，这里正好渤海国的使者送来一封国书，这封国书文字奇特，满朝官员都不认识。唐玄宗又急又气："堂堂天朝，泱泱大国，连个认识番书的人都没有，岂不被小邦耻笑。三天之内如没有人来，在朝官员都回家去吧。"贺知章因此而闷闷不乐，李白问清楚状况后，笑着说："这有何难？可惜我不能见驾。"那时的规定，没有官职的人是见不到皇上的。贺知章向皇上奏明，玄宗便赐了李白五品的衣冠召见他。

李白来到朝廷，将番书翻译成唐文读出来，原来书信中威胁唐朝割让一些城池，否则要起兵攻打。满朝上下听了都紧张起来，只有李白不慌不忙地说："待臣回一封信，恩威并用，可以让渤海国臣服。"玄宗急忙命人摆好笔墨，又赐座给他。李白乘机请求道："我代皇上起草诏书，不同寻常，请您命令杨国忠为我磨墨，高力士为我脱靴，也让外邦人看看皇上对这件事的重视，他们更不敢小看我们了。"正是用人之际，唐玄宗哪有不照办的道理。于是唐朝的历史上又多了个"杨国忠磨墨，高力士脱靴"的传说。两人虽然羞怒，但在皇上面前，自然也没有什么话说，只好从命。

李白很从容地写好了诏书，交给那使者，使者出宫后，方才敢问那写诏书的是谁。送行的人中有贺知章，便答道："李学士是天上的谪仙，偶尔来到人世。"番使大惊，回去后又添油加醋说了好多关于唐朝的威严和强盛的印象，渤海国从此臣服了。

当然，这些都是民间传说。事实上是道士吴筠被召至朝廷之后，在玄宗面前推荐了曾和他一起隐居学道的李白。此外，玄宗的妹妹玉真公主也为李白说了不少好话，所以唐玄宗三次下诏书请李白入京。

李白认为这是实现自己理想抱负的时候到了，异常兴奋，在南陵与家中妻儿告别时，写了这首《南陵别儿童入京》。

诗一开始就描绘出一派丰收的景象："白酒新熟山中归，黄鸡啄黍秋正肥。"这不仅点明了时间是秋熟季节，而且，白酒新熟，黄鸡啄黍，显示一种欢快的气氛，衬托出诗人兴高采烈的情绪，为下面的描写作了铺垫。

接着，诗人摄取了几个似乎是特写的"镜头"，进一步渲染欢愉之情。李白素爱饮酒，这时更是酒兴勃然，一进家门就"呼童烹鸡酌白酒"，神情飞扬，颇有欢庆奉诏之意。显然，诗人的情绪感染了家人，"儿女嬉笑牵人衣"，此情此态真切动人。饮酒似还不足以表现兴奋之情，继而又"高歌取醉欲自慰，起舞落日争光辉"，一边痛饮，一边高歌，表达快慰之情。酒酣兴浓，起身舞剑，剑光闪闪与落日争辉。这样，通过儿女嬉笑，开怀痛饮，高歌起舞几个典型场景，把诗人喜悦的心情表现得活灵活现。在此基础上，又进一步描写自己的内心世界。

"游说万乘苦不早，著鞭跨马涉远道"。这里诗人用了跌宕的表现手法，用"苦不早"反衬诗人的欢乐心情，同时，在喜悦之时，又有"苦不早"之感，正是诗人曲折复杂的心情的真实反映。正因为恨不在更早的时候见到皇帝，表达自己的政治主张，所以跨马扬鞭巴不得一下跑完遥远的路程。"苦不早"和"著鞭跨马"表现出诗人的满怀希望和急切之情。

"会稽愚妇轻买臣，余亦辞家西入秦"。从"苦不早"又很自然地联想到晚年得志的朱买臣。据史料记载：朱买臣，会稽人，早年家贫，以卖柴为生，常常担柴走路时还念书。他的妻子嫌他贫贱，离开了他。后来朱买臣得到汉武帝的赏识，做了会稽太守。诗中的"会稽愚妇"，就是指朱买臣的妻子。李白把那些目光短浅轻视自己的世俗小人比作"会稽愚妇"，而自比朱买臣，以为像朱买臣一样，西去长安就可青云直上了。真是得意之态溢于言表，诗情经过一层层推演，至此，感情的波澜涌向高潮。"仰天大笑出门去，我辈岂是蓬蒿人"。"仰天大笑"，多么得意的神态；"岂是蓬蒿人"，何等自负的心理，诗人踌躇满志的形象表现得淋漓尽致。

这首诗因为描述了李白生活中的一件大事，对了解李白的生活经历和思想感情具有特殊的意义。

因事而作的讽刺诗

罢相

李适之

避贤初罢相①，乐圣且衔杯。②
为问门前客，③今朝几个来？

注释

①避贤：让贤，给贤者让路。②乐圣：爱喝酒。圣：圣人，指清酒。三国时，曹操禁酒，不少人暗中还是饮酒不止，但不敢说出酒字，于是用隐语称酒，称白酒（浊酒）为贤人，清酒为圣人。③为问：借问，请问。

译文注释

我辞去相位而让给贤者，天天举着酒杯开怀畅饮。请问过去常来我家做客的人，今天有几个来看我？

背景故事

李适之在唐朝不是诗文名家，却因作了一首讽刺诗而出了事，从此也就出了名。他是唐朝皇室后裔，从唐代天宝元年（公元742年）担任宰相，入相前长期担任刺史、都督的州职。

李适之在朝廷是一位以强干而著称的能臣，他为人随和，平易待人，善交朋友。处理朝政事务简要明快，当天的事当天办，当天的公务也绝不拖到明天。他还是一位公私分明、明辨是非、宽严得当的好长官。他的酒量也很好，白天忙完公务，晚上便同朋友一起豪情畅饮，从不会喝得酩酊大醉，失态失言。

当时，朝廷中的权势斗争十分尖锐复杂，李适之对自己所处的地位很清醒。他同清流派韩朝宗和韦坚情投意合，交往密切，同口蜜腹剑的李林甫却不能相容。由于李林甫在宫廷中亲信众多，有的人别有用心，编造谎言，常在皇帝面前挑弄是非，制造矛盾。与清流派争权夺势，逐渐扩大了自己的势力范围，对韩朝宗、韦坚和李适之等清流名臣则常施以诬陷、诽谤的手段。

李适之因此感到不安，他写书上奏皇上，要求辞去左相职位，请求做一个闲散的官员，唐玄宗果真批准，改任他为太子少保，这个官职确实清闲而又无实权。

李适之从此闲散起来，不再介入宫廷内的权势之争，避开了许多是非矛盾。但他看到李林甫一伙猖狂专断，又不免满腹牢骚，心情十分复杂。

一日，他邀请了一些朝中好友，准备在家设宴聚会，并写下一首题为《罢相》诗，表示了自己当时的矛盾心情。

就诗而论，表现曲折，但诗旨可知，含讥刺，有机趣，堪称佳作。作者要求罢相，原为畏惧权奸，躲避斗争，远祸求安。而今如愿以偿，自感庆幸。倘使诗里直接把这样的心情写出来，势必更加得罪李林甫。所以作者设遁词，用隐喻，曲折表达。"避贤"是成语，意思是给贤者让路。"乐圣"是双关语，"圣"即圣人，但这里兼用两个代称，一是唐人称皇帝为"圣人"，二是沿用曹操的臣僚的隐语，称清酒为"圣人"。所以"乐圣"的意思是说，使皇帝乐意，而自己也爱喝酒。诗的开头两句的意思是说，自己的相职一罢免，皇帝乐意我给贤者让了路，我也乐意自己尽可喝酒了，公私两便，君臣皆乐，值得庆贺，那就举杯吧。显然，把惧奸说成"避贤"，误国说成"乐圣"，反话正说，曲折双关，虽然知情者、明眼人一读便知，也不失机智俏皮，但终究是弱者的讥刺，有难言的苦衷，针砭不力，反而示弱。所以作者在后两句机智地巧作加强。

前两句说明设宴庆贺罢相的理由，后两句是关心亲故来赴宴的情况。这在结构上顺理成章，而用口语写问话，也生动有趣。但宴庆罢相，事已异常；所设理由，又属遁词；而实际处境，则是权奸弄权，恐怖高压。因此，尽管李适之平素"夜则宴赏"，天天请宾客喝酒，但"今朝几个来"，确乎是个问题。宴请的是亲故宾客，大多是知情者，明白这次赴宴可能得罪李林甫，惹来祸害。敢来赴宴，便见出胆识，不怕风险。这对亲故是考验，于作者为慰勉，向权奸则为示威，甚至还意味着嘲弄至尊。

后来，这首诗流传出去，李林甫抓住把柄，对李适之进行了诬陷和迫害，说他同韦坚等要谋反。李适之受到贬官处分，最后被迫自杀。这首诗因此而更加著名。

5

第 五 辑

爱情篇

　　"春蚕到死丝方尽，蜡炬成灰泪始干"，割不断的是永恒的不了情，爱情是诗歌永恒的主题，唐诗自然也少不了：君情与妾意，各自东西流。长说上皇和泪教，月明南内更无人。今生已过也，愿结来生缘……这一首首诗篇共同谱写了荡人心魂的爱情交响曲。

红颜薄命，阿娇失宠

妾薄命
李白

汉帝宠阿娇①，贮之黄金屋。

咳唾落九天，随风生珠玉。

宠极爱还歇，妒深情却疏。

长门一步地，不肯暂回车。

雨落不上天，水覆难再收②。

君情与妾意，各自东西流。

昔日芙蓉花，今成断根草。

以色事他人，能得几时好？

注释

①宠：指宠爱。②难再：指重复困难。

译文注释

汉武帝宠爱阿娇，想造一座金屋供她居住，她吐口唾沫也像似从天空飞来随风化成的珠玉。但宠爱到了极点，感情便逐渐淡漠，她越是嫉妒，皇帝越是疏远她，长门宫虽然很近，但武帝也不愿看她一眼。雨是不会朝天上下的，泼出去的水不能再收回。武帝同阿娇的感情从此像流水一样各奔东西，再也不能融在一起。过去的阿娇像芙蓉花一样受人宠爱，如今却像断根草一样无人理睬。靠美貌来博得人的喜欢，是不会长久的。

背景故事

阿娇是汉武帝的第一位皇后。关于他们，史书上曾有过许多记载。

汉武帝小的时候便十分受宠，一次，他姑妈长公主将他叫到跟前开玩笑："告诉姑妈你想要妻子吗？"

小武帝眨着眼竟毫不犹豫地答道："想要！"

姑妈又将他抱起来放到膝盖上继续问："那你想要娶个什么样的呢？"

小武帝瞪着眼睛不回答。

姑妈指遍了周围的侍女问他要哪一个做妻子，他都摇头说不要。最后姑妈指着自己的女儿陈阿娇问："你喜欢阿娇吗？"

小武帝爽快地回答："喜欢！"

引起堂内的人一阵大笑。

小武帝认真地说："若能娶阿娇为妻子，我要修一座漂亮的金屋给她住。"

10年后，小武帝果然被立为太子并继承了皇位，而陈阿娇也真的嫁给武帝做了皇后。根据这个历史故事，后人将"金屋藏娇"延续下来变成了今天的成语。

武帝即位后，姑妈长公主认为自己功德显著而沾沾自喜，对武帝的要求特别多，而且从不满足，令武帝很厌烦。时间长了，陈阿娇的美貌渐逝，武帝对她的宠爱也淡漠了，甚至有意疏远她，转投向别的妃子怀抱，这使阿娇十分嫉妒，为了能继续得到皇上的宠爱，她找来女巫施妖术，武帝知道后非常气愤，下令将阿娇打入了冷宫。

全诗十六句，每四句基本为一个层次。诗的前四句，先写阿娇的受宠，而从"金屋藏娇"写起，欲抑先扬，以反衬失宠后的冷落。诗中用"咳唾落九天，随风生珠玉"两句夸张的诗句，形象地描绘出阿娇受宠时的气焰之盛，真是炙手可热，不可一世。但是，好景不长。从"宠极爱还歇"以下四句，笔锋一转，描写阿娇的失宠，俯仰之间，笔底翻出波澜。嫉妒的陈皇后，为了"夺宠"，曾做了种种努力，都没有收到多大的效果，后者反因此得罪，后来成了"废皇后"，幽居于长门宫内；虽与皇帝相隔一步之远，但咫尺天涯。"雨落不上天"以下四句，用形象的比喻，说明令皇上意转心回已不可能。这是什么原因呢？最后四句，诗人用比喻的手法，形象地揭示出这样一条规律："昔日芙蓉花，今成断根草。以色事他人，能得几时好？"这发人深省的诗句，对以色取人者进行了讽刺，同时对"以色事人"而暂时得宠者，也是一个警告。

悲欢离合总是情

赠婢

崔郊

公子王孙逐后尘，绿珠垂泪滴罗巾。

侯门一入深如海，从此萧郎是路人。

译文注释

公子王孙（指自己）跟在你的后面，绿珠（指翠莲）的泪水滴落在绸巾上。节度使府的大门一进去深似大海，你我是再也见不到了，从此我就像陌生的过路人一样被你忘掉。

背景故事

唐朝时有个秀才叫崔郊，他的诗写得很好，也很会写文章，可就是家里太穷了，所以二十多岁还没成婚。家里的人虽然为他着急，也没什么好办法。

有一段时间，崔郊住在自己的姑母家里。他姑母家有个长相漂亮的婢女，模样端庄秀美，天资聪颖，还会唱歌跳舞。朝夕相处，二人渐生爱意，可是崔郊因为家境贫寒，一时并不敢有非分的念头，他知那女子也喜欢自己，也很敬重她的不慕虚荣，想等考中功名，得享富贵荣华的时候，娶女子为妻。

崔郊心里总是牵挂着那个婢女。他发愤读书，希望自己的梦想能够早日实现。大考的季节来临后，崔郊和心爱的女子依依惜别，赴京赶考。

崔郊走了以后，他的姑母将那婢女卖给了当地的节度使于由页，得了钱四十万，以此来添些家里的用度。于由页倒是对那女子非常宠爱，只是那女子时刻惦记着崔郊，生活并不快乐。

崔郊知道这件事后，坐卧不安，辗转不寐，总想着要再见那婢女一面，看她到底过得好不好。他去节度使府署附近守候过好多次，可就是碰不到她，总是满怀希望而来，满怀失望而去，崔郊心里难过极了。

转眼到了清明节，按照习俗，人们都在这天到郊外为先人扫墓，那婢女也来了，两个人正巧在柳树下相遇。崔郊看到心上人，心里非常激动，日夜思念的人就站在柳树下面，简直像在梦里一样，他的眼泪夺眶而出，那婢女也是泪水涟涟，可是还能说什么呢？现在她已经是节度使府里的人，有什么话也只能咽到肚子里了。崔郊回去以后，伤感不已，就写了这首诗，抒发了自己深切的痛苦。

　　这首诗的内容写的是自己所爱者被劫夺的悲哀。但由于诗人的高度概括，便使它突破了个人悲欢离合的局限，反映了封建社会里由于门第悬殊所造成的爱情悲剧。诗的寓意颇深，表现手法却含而不露，怨而不怒，委婉曲折。

　　"公子王孙逐后尘，绿珠垂泪滴罗巾"，上句用侧面烘托的手法，即通过对"公子王孙"争相追求的描写突出女子的美貌；下句以"垂泪滴罗巾"的细节表现出女子深沉的痛苦。公子王孙的行为正是造成女子不幸的根源，然而这一点诗人却没有明白说出，只是通过"绿珠"这一典故的运用曲折表达。绿珠原是西晋富豪石崇的宠妾，传说她"美而艳，善吹笛"。赵王伦专权时，他的手下孙秀倚仗权势指名向石崇索取，遭到石崇拒绝。石崇因此被收下狱，绿珠也坠楼身死。用此典故一方面形容女子具有绿珠那样美丽的容貌，另一方面以绿珠的悲惨遭遇暗示出女子被劫夺的不幸命运。于看似平淡客观的叙述中巧妙地透露出诗人对公子王孙的不满，对弱女子的爱怜同情，写得含蓄委婉，不露痕迹。

　　"侯门一入深如海，从此萧郎是路人"，"侯门"指权豪势要之家。"萧郎"是诗词中习惯用语，泛指女子所爱恋的男子，此处是崔郊自谓。这两句没有将矛头明显指向造成他们分离隔绝的"侯门"，倒好像是说女子一进侯门便视自己为陌路之人了。但有了上联的铺垫，作者真正的讽意当然不难明白，之所以要这样写，一则切合"赠婢"的口吻，便于表达诗人哀怨痛苦的心情，更可以使全诗风格保持和谐一致，突出它含蓄蕴藉的特点。诗人从侯门"深如海"的形象比喻，从"一入"、"从此"两个关联词语所表达的语气中透露出来的深沉的绝望，比那种直露的抒情更哀感动人，也更能激起读者的同情。

　　这首诗流传后，被嫉妒他的人得到，抄了送到于由页处。于由页读后，二话没说，就下令召见崔郊。崔郊提心吊胆地去了于府。于由页见了他，不动声色地问道："那个'侯门一入深如海，从此萧郎是路人'是你写的吗？"

崔郊怯怯地点头，心里很害怕。

没想到于由页突然笑了起来，他说："你的诗写得不错嘛，不过我的门槛好像没有那么深。四十万钱的小事情，早给我写封信，把你的事情讲明白，不就解决了吗？"说完，就命令把那婢女找来，送还给崔郊了，据说崔郊结婚时，于由页还赠送了一大笔嫁妆呢！

心有灵犀一点通

无题

李商隐

昨夜星辰昨夜风，画楼西畔桂堂东。①
身无彩凤双飞翼，心有灵犀一点通。②
隔座送钩春酒暖，分曹射覆蜡灯红。③
嗟余听鼓应官去，走马兰台类转蓬。④

注释

①画楼：雕梁画栋的楼。桂堂：香木筑建的厅堂。均为华美的居所。②灵犀：犀牛角有白纹感应灵敏，所以犀牛角称为灵犀，比喻心领神会、感情共鸣。③送钩、射覆：都是古时酒宴上的游戏。前者是传钩于某人手中藏着让对方猜，后者是藏物于巾、盂等物下让人猜。分曹：分组。④兰台：指秘书省。李商隐曾三任秘书省校书郎。

译文注释

多么难忘昨夜闪烁的星辰温馨的风，我们相会在画楼之西桂堂之东。虽无彩凤的翅膀比翼双飞，我们的心像灵犀一样息息相通。隔着座位传送藏钩，春酒多么温暖，分组猜谜时，蜡烛燃得火样红。可叹我要听辰更的鼓声前去应差，在兰台奔走，犹如风中飘旋的蓬草。

背景故事

这是诗人写自己的无题诗，抒写了昨夜的一度春风，寓意对意中人（从诗中看，诗人怀想的对象可能是一位贵家女子）深切的思恋。

这是一个美好的春夜。诗人站在楼阁上，望着闪烁的繁星，身边和风习习，空气中充溢着令人沉醉的温馨气息，一切仿佛同昨天一样，在那彩画高楼的西畔，在那桂木厅堂的东侧，和所爱的女子相见的那一幕却已经成为亲切而难以追寻的记忆。

在那欢乐的宴席上红烛闪耀，美酒飘香，烛光照在她美丽的脸庞，她同女友们在玩着隔座送钩、分曹射覆的游戏，那样子是多么的可爱，她的笑声是多么地甜美。

诗人从追忆昨夜的宴席中又回到了现境，这里哪有灯红酒暖笑语欢声的热闹气氛？只有微风吹拂，星星眨眼，看着他孤零零的一个人站在这里苦苦地思恋。今夕的相隔不由引起了诗人复杂微妙的心理：同心爱的人不能像有双翼的凤凰一样能飞聚在一起，可彼此的心却像灵异的犀角那样心心相印。

"如此星辰非昨夜，为谁风露立中宵？"诗人在通宵的追怀思念中，不知不觉晨鼓已经敲响，上班应差的时间就要到了，可叹自己正像飘转不定的蓬草，又不得不匆匆走马兰台（秘书省的别称，当时诗人李商隐正在秘书省任职），开始那寂寞乏味的公事。

这是一首无题诗，无题是无可命题，或者是内容复杂，题不尽意，或者是涉及隐私，无法明言。李商隐的无题诗大都写艳情。本诗是一首情诗，表现男女之间相爱相知而又相离相思的复杂微妙感觉。

首联以曲折的笔墨写昨夜的欢聚。"昨夜星辰昨夜风"是时间：夜幕低垂，星光闪烁，凉风习习。一个春风沉醉的夜晚，萦绕着宁静浪漫的温馨气息。句中两个"昨夜"自对，回环往复，语气舒缓，有回肠荡气之概。"画楼西畔桂堂东"是地点：精美画楼的西畔，桂木厅堂的东边。诗人甚至没有写出明确的地点，仅以周围的环境来烘托。在这样美妙的时刻、旖旎的环境中发生了什么故事，诗人只是独自在心中回味，我们则不由自主为诗中展示的风情打动了。

颔联写今日的相思。诗人已与意中人分处两拨儿，"身无彩凤双飞翼"写怀想之切、相思之苦：恨自己身上没有五彩凤凰一样的双翅，可以飞到爱人身边。"心有灵犀一点通"写相知之深：彼此的心意却像灵异的犀牛角一样，息息相通。"身无"与"心有"，一外一内，一悲一喜，矛盾而奇妙地统一在一体，痛苦中有甜蜜，寂寞中有期待，相思的苦恼与心心相印的欣慰融合在一起，将那种深深相爱而又不能长相厮守的恋人的复杂微妙的心态刻画得细致入微、惟妙惟肖。此联两句成为千古名句。

颈联"隔座送钩春酒暖，分曹射覆蜡灯红"是写宴会上的热闹。这应该是诗人与佳人都参加过的一个聚会，宴席上，人们玩着隔座送钩、分组射覆的游戏，觥筹交错，灯红酒暖，其乐融融。昨日的欢声笑语还在耳畔回响，今日的宴席或许还在继续，但已经没有了诗人的身影，宴席的热烈衬托出诗人的寂寥、凄凉。

尾联"嗟余听鼓应官去，走马兰台类转蓬"写人在江湖身不由己的无奈：可叹我听到更鼓报晓之声就要去当差，在秘书省进进出出，好像蓬草随风飘舞，这句话应是解释离开佳人的原因，同时流露出对所任差事的厌倦，暗含身世飘零的感慨。

十年相思成枉然

叹花

杜牧

自是寻春去较迟，不须惆怅怨芳时。
狂风落尽深红色，绿叶成阴子满枝。

译文注释

怨恨自己寻觅鲜花来得太迟了，前些年我曾经来过这里，当时她含苞未放，如今经过时间的风雨已经凋零落地，花谢后绿叶成荫，果实已经结满枝头。

背景故事

大和末年（公元835年），沈传师为江西观察使，后来转为宣歙观察使，杜牧是他的幕僚。杜牧性格疏放，为人风流，在洪州、宣州游赏时，始终没有碰到令他属意的女子。听说湖州是江南的大郡，风景人物都艳丽美好，所以就抱了很大的希望来探胜。当时的湖州刺史久仰杜牧大名，经常为他设宴，领他到处游赏。偶尔有些绝色的优姬倡女，也找来给杜牧瞧瞧。杜牧总说："这些女子美丽是美丽，但还不够尽善。"可见他的审美标准是够高的。

有一次，杜牧一个人到郊外游玩，遇到一个老妇人带着一位美少女过来，那少女不足十岁。杜牧注目细看，认为是人间少有的国色，在他看来，与此少女相比，以前那些美女不过是虚设罢了。他怕错过一段良缘，就急忙派人追了去。很诚恳地和那老妇人说，想把少女接过来。听了这话，母女二人感到很害怕，母亲很惊恐地说："对不起大人，我家的女孩实在太小了，您一定会失望的。"杜牧说："我暂时也没有那个意思，可以相约以后呀。"于是就约好了十年的期限，等到杜牧来这里做守郡时，就商量迎娶之事。老妇人答应了，还接受了杜牧许多礼钱，双方写了盟约。

后来，杜牧先后做过黄州刺史和池州刺史、睦州刺史。但他一直惦记着与小女孩的盟约。

再后来，杜牧终于找机会到了江南。大中三年时，杜牧出任湖州刺史，可是距离他和那女子立约之时，已经十四年了。他找到了原来的那家母女，可是以前相约要娶的女子已经嫁人三年，生了三个孩子。老夫人指责杜牧不守诺言，杜牧怀着无限的后悔和惆怅的心情，作了这首诗。

全诗围绕"叹"字着笔。前两句是自叹自解，抒写自己寻春赏花去迟了，以至于春尽花谢，错失了美好的时机。首句的"春"犹下句的"芳"，指花。而开头一个"自"字富有感情色彩，把诗人那种自怨自艾、懊悔莫及的心情充分表达出来了。第二句写自解，表示对春暮花谢不用惆怅，也不必怨嗟。诗人明明在惆怅怨嗟，却偏说"不须惆怅"，明明是痛惜懊丧已极，却偏要自宽自慰，这在写法上是腾挪跌宕，在语意上是翻进一层，越发显出诗人惆怅失意之深，同时也流露出一种无可奈何、懊恼至极的情绪。

后两句写自然界的风风雨雨使鲜花凋零，红芳褪尽，绿叶成荫，结子满枝，果实累累，春天已经过去了。似乎只是纯客观地写花树的自然变化，其实蕴含着诗人深深惋惜的感情。

这个传说不一定可靠，但这首诗是以叹花来寄托男女之情，大致可以肯定。它表现的是诗人在浪漫生活不如意时的一种惆怅懊丧之情。用自然界的花开花谢，绿树成阴子满枝，来暗喻少女的妙龄已过，结婚生子。但这种比喻不是直露、生硬的，而是若即若离、委婉含蓄的。即使不知道与此诗有关的故事，只把它当作别无寄托的咏物诗，也应视之为一首很出色的作品。

人面桃花红

题都城南庄

崔护

去年今日此门中，人面桃花相映红①。

人面不知何处去，桃花依旧笑春风②。

注释

①人面：指一位姑娘的脸。下一句"人面"代指姑娘。②笑：形容桃花盛开的样子。

译文注释

去年的今日在这院门里，姑娘美丽的脸庞和绯红的桃花相互映衬。如今姑娘不知到哪里去了，只有桃花依旧在春风中盛开。

背景故事

崔护，字殷功，他是博陵（今河北省定县）人，天资聪慧，一表人才，年轻的时候就考取了进士，但是他生性孤傲，不喜欢和人来往。唐代贞元年间，崔护住在长安，一连参加几次科举考试，都没有考中，心里很不痛快。

这年清明节，他独自一人到城南去散散心。这天天气晴朗，春意融融，芳菲满眼。他不知不觉进了一个村子看到一个一亩方圆的庭院。院子里花草葱郁，鸟的鸣叫显得环境更加幽静，仿佛没有人居住在这里一样。崔护有些好奇，走上前敲了半天的门，始终无人应答。等他快要离开时，门才开了一条缝，一位少女在门缝中向外观望，一面问道："是谁呀？"崔护赶忙应声答道："博陵人崔护寻春路过此地，口渴难耐，相烦姐姐给些水喝。"少女觉得门外的少年公子彬彬有礼，就答应了。她顺手把门打开，带崔护进去喝水。崔护进到院中，院子里桃花簇簇，非常好看。那少女把水端来，含笑看着他喝下去。崔护喝完水，抬眼望去，只见斜倚在桃树旁的少女望着自己，她的小脸在桃花的映衬下显得非常可爱动人，好像对他有所倾慕的样子。崔护心中有些触动，两人四目相视，没有说什么话，但是好像心灵相通一样。就这样过了很长时间，崔护起身告辞，少女送他到门口，好像不能承受离别似的，但是始终没有说什么，就怏怏地入门去了。崔护也是顾盼不已，眷眷难舍，后来只好惆怅地离去了。这女子给他印象非常好，也非常深刻。他常常回忆起那个美丽的女子和那一院子的桃花。第二年清明节，又是桃花盛开的时候，崔护带着去年美好的回忆，很激动地直奔城南而去，循着旧迹，来到当年那个院子，只见门户还是去年的样子，但上着锁，他想念的女子不知哪里去了。

桃花依旧盛开，茂盛的枝叶甚至伸到围墙外面来了，可是哪里还有可爱的少女呢？崔护不免失望万分，他无法克制内心的情感，于是在门上题了这首《题都城南庄》诗。

四句诗包含着一前一后两个场景相同、相互映照的场面。第一个场面：寻春遇艳——"去年今日此门中，人面桃花相映红。"如果我们真的相信有那么一回事，就应该承认诗人确实抓住了"寻春遇艳"整个过程中最美丽动人的一幕。"人面桃花相映红"，不仅为艳若桃花的"人面"设置了美好的背景，衬出了少女光彩照人的面影，而且含蓄地表现出诗人目注神驰、情摇意夺的情状，和双方脉脉含情、未通言语的情景。通过这最动人的一幕，可以激发起读者对前后情事的许多美丽想象。

第二个场面：重寻不遇。还是春光烂漫、百花吐艳的季节，还是花木扶疏、桃柯掩映的门户，然而，使这一切都增光添彩的"人面"却不知何处去，只剩下门前一树桃花仍旧在春风中凝情含笑。桃花在春风中含笑的联想，本从"人面桃花相映红"得来。去年今日，伫立桃柯下的那位不期而遇的少女，想必是凝睇含笑，脉脉含情的；而今，人面杳然，依旧含笑的桃花除了引动对往事的美好回忆和好景不长的感慨以外，还能有什么呢？"依旧"二字，正含有无限怅惘。

整首诗其实就是用"人面"、"桃花"作为贯串线索，通过"去年"和"今日"同时同地同景而"人不同"的映照对比，把诗人因这两次不同的遇合而产生的感慨，回环往复、曲折尽致地表达了出来。对比映照，在这首诗中起着极重要的作用。因为是在回忆中写已经失去的美好事物，所以回忆便特别珍贵、美好，充满感情，这才有"人面桃花相映红"的传神描绘；正因为有那样美好的记忆，才特别感到失去美好事物的怅惘，因而有"人面不知何处去，桃花依旧笑春风"的感慨。

过了些日子，他放心不下，又来看看，听到门内有哭泣的声音，非常激动和惊讶，于是鼓起勇气敲门问询。只见一位老者蹒跚而至，问道："相公您是崔护吗？"崔护吃了一惊，回答："是啊。"老者哭着说："就是您杀了我的女儿啊！"

崔护听了，丈二和尚摸不着头脑，只听老者哭哭啼啼地解释道："我女儿才 15 岁，她知书达礼，尚未许配于人。自从去年以来，经常精神恍惚，若有所失。前不久我和她出门去了，回来看见门上有字，那就是您写的诗啊！读完诗小女就病了，终日茶饭不思，刚刚去世了……"

崔护十分难过，请求让他进屋去看看，老人答应了。崔护看见那女子还在床上，就流着泪哭道："你看看，我在这儿，我在这儿呀！"一会儿，竟出现了奇迹：那女子睁开眼睛，又复活了。老人欣喜若狂，就把女儿嫁给了崔护。这对年轻夫妇，日子过得很幸福，崔护也考中了进士，后来当了岭南节度使。

一代红颜为君尽的碧玉

绿珠篇

乔知之

石家金谷重新声，明珠十斛买娉婷。

此日可怜君自许，此时可喜得人情。

君家闺阁不曾关，常将歌舞借人看。

意气雄豪非分理，骄矜势力横相干。

辞君去君终不忍，徒劳掩袂伤铅粉。

百年离别在高楼，一代红颜为君尽。

译文注释

石崇家的金谷园里看重新奇的歌舞，花十斛珍珠买来了美丽的绿珠。过去你说我那么可爱，歌舞博得了你多少青睐，你家（用碧玉口气说乔知之家）的闺房并不关起来，家内眷属们的歌舞常让外人也欣赏，你这样意气雄豪太过分了，惹得那娇横强暴的势力来干预。被强逼着和您分别多么痛苦，掩面哭泣又有什么用处。在高楼上和你永别了，这出众的红颜为你离开了人间。

背景故事

武则天执政时期，洛阳城中有一个低级官员叫乔知之。他家中有一个宠婢名叫碧玉，她不仅长得很美丽，而且能歌善舞，擅长女红和诗文，性格又很温柔体贴，所以乔知之十分宠爱她，决定将来娶她做妻子，而碧玉也很钟情于他，愿意以身相许。

　　乔知之是当时吏部的左补阙，属正五品官员，按照当时的礼制和习惯，家中尚不具备设置歌舞姬的资格，因此，碧玉在乔家多以自家人的身份对外应酬。当时碧玉正值二八妙龄，她容貌秀丽、清雅脱俗、歌喉婉转、舞姿飘逸，因而被主人乔知之视为掌上明珠。家中若有贵客嘉宾，总会让碧玉出来歌舞助兴，她的容貌和演技常常博得满堂的赞赏。于是，碧玉的艳名也就不胫而走，传遍了洛阳城。

　　然而，好景不长，"乔家艳婢，美慧无双"的消息传到了武承嗣的耳中。武承嗣是武则天的亲侄儿，是当时朝中的红人，他生性好色，又恃宠生娇、飞扬跋扈、不可一世，却深受武则天的赏识，被封为魏王，一度甚至还想要立他为太子。这样一个能够自由出入内宫，视千娇百媚、锦衣玉食的贵族女子如玩物的花花公子，一听说乔家有艳女，便生出好奇之心，决心要把碧玉据为己有，他以请碧玉到他府中教内眷梳妆为借口，将她骗到自己府中，就再也没有放出来。

　　心爱的人被夺走，但是自己却回天无力，乔知之悲愤成疾，写了这首《绿珠篇》。

　　诗共十二句，分三段，四句一意。

　　首四句怀念以往的情形，叙述绿珠初进石家并备受石崇的怜爱。石崇为东晋豪富，金谷园是其私家苑囿，其中蓄养了很多歌伎舞女，因为金谷园主人石崇"重新声"，故以"明珠十斛买娉婷"。娉婷，原指女子体态优美，这里代指绿珠。

　　"此日可怜君自许，此时可喜得人情。""此日"、"此时"，都是指绿珠初入金谷园；"可怜"，即可爱；"得人情"，得到怜爱，指受到石崇的宠爱。次四句指出绿珠悲剧命运的根本原因："君家闺阁不曾关，常将歌舞借人看。意气雄豪非分理，骄矜势力横相干。"东晋士大夫不喜欢金屋藏娇，反而喜好斗富摆排场，常以家伎侑酒劝客，正所谓"不曾关"、"借人看"。"意气雄豪"、"骄矜势力"，明指孙秀，暗射武承嗣，他们骄纵跋扈，为所欲为，蛮横霸道，强行夺人所爱，毁灭了绿珠与石崇的爱情并夺去了绿珠生命。最后四句，紧承前诗，叙写绿珠的惨死。"百年离别"，指永别，"高楼"，暗示绿珠跳楼身亡的悲剧结局。这一段虽是直陈其事，但语言中充满悲愤。诗全写古人古事，无一句涉及己事，但由于遭遇相似，"所以读来又字字句句不离己事，读起来让人感慨万千。"

这首诗以碧玉的口吻述说西晋时绿珠为报石崇知遇之恩，不惜坠楼明志的故事。绿珠是石崇用三斛珍珠买来的美女，住在金谷园中。她能歌善舞，极得石崇喜爱。当时朝廷中赵王司马伦执政，他的亲信孙秀与石崇有仇，仗势向石崇要绿珠，石崇不愿意，孙秀就唆使司马伦派兵搜捕石崇全家。人马行到石崇家门口时，石崇对绿珠说："为了你，我今天满门都要被抄了。"绿珠哭着说："我情愿死在您面前，来报答您的恩德。"说完，绿珠坠楼而死，石崇后来也被斩了。

乔知之的《绿珠篇》是语意双关的，他表面上写绿珠事迹，实际上是仿照碧玉的口吻写他们的相处和离别，诗里用女子的口气说，过去的歌舞曾博得过您多少宠爱，但因为闺房并没有关起来，这样的意气雄豪实在太过分了，才引来了骄横和强暴的势力，也招来了灾难。分别是痛苦的，我们就在高楼上永别吧，为了您，香消玉殒也是应当。对于乔知之来说，可能表达的是一种悔恨，因为他已经意识到是自己的意气雄豪招来了灾难，但是对于碧玉，无疑却是一种暗示。

乔知之做完诗后，千方百计送到了碧玉手中，碧玉接到诗，不禁想起了在乔家时的处境，想起乔知之对她的深情厚谊，她悲痛万分，哭泣三日，滴水未进，后来将诗系到裙带上，投井而亡。

武承嗣令人捞出尸体，发现了裙带上的诗，大怒，后来就叫人捏造罪名，把乔知之杀了。

道是无晴还有晴

竹枝词二首（其一）

刘禹锡

杨柳青青江水平，闻郎江上唱歌声。

东边日出西边雨，道是无晴还有晴。

译文注释

　　江边的杨柳，垂拂青条，江中的水面，平静如镜，姑娘忽然听到江上传来的歌声，这歌声是那么的熟悉，为什么他不直接对我表白呢？这个人啊，就像晴雨不定的天气，说是东边出太阳了西边还在下雨，说不是晴天吧，可还有晴天，真是让人捉摸不定。

背景故事

　　竹枝词是巴渝（今四川省东部重庆市一带）民歌中的一种。唱时，以笛、鼓伴奏，同时起舞。声调婉转动人。

　　诗的第一句写景，是诗中女主人公眼前所见。江边杨柳，垂拂青条；江中流水，平如镜面。这是很美好的环境。

　　第二句写她耳中所闻。在这样动人情思的环境中，她忽然听到了江边传来的歌声。那是多么熟悉的声音啊！一飘到耳里，就知道是谁唱的了。

第三、四句接写她听到这熟悉的歌声之后的心理活动。姑娘虽然早在心里爱上了这个小伙子，但对方还没有什么表示哩。今天，他从江边走了过来，而且边走边唱，似乎是对自己多少有些意思。这，给了她很大的安慰和鼓舞，因此她就想道：这个人啊，倒是有点像黄梅时节晴雨不定的天气，说它是晴天吧，西边还下着雨，说它是雨天吧，东边又还出着太阳，可真有点捉摸不定了。这里晴雨的"晴"，是用来暗指感情的"情"，"道是无晴还有晴"，也就是"道是无情还有情"。通过这两句极其形象又极其朴素的诗，她的迷惘，她的眷恋，她的忐忑不安，她的希望和等待便都刻画出来了。

永恒的思念

无题

李商隐

相见时难别亦难，东风无力百花残。
春蚕到死丝方尽，蜡炬成灰泪始干。
晓镜但愁云鬓改，夜吟应觉月光寒。
蓬山此去无多路，青鸟殷勤为探看。①

注释

①青鸟：传说西王母有三青鸟为使者。西王母会汉武帝时，青鸟先往报

信。后来青鸟即作为信使的代称。

译文注释

　　相见的机会多么难得，离别时的心情更加难堪，东风柔弱无力，更值这暮春时节百花凋残。春蚕到生命的终结才把丝吐尽，蜡烛化为灰烬才宣告泪已流干。早晨对镜梳妆只怕你青色的秀发色泽改变，夜晚苦吟怀人的诗篇你应感到月光洒下的凉寒。此地离蓬山的路途并不遥远，希望传信的青鸟为我殷勤地打探。

背景故事

　　公元834年，李商隐因为生病，没有参加进士科考试，便随着他的重表叔崔戎来到兖州（今山东兖州西）。崔戎是兖州观察使，李商隐便在他手下供职。

　　这一年春天，李商隐赴兖州前，曾到过东都洛阳。一个偶然的机会，23岁的李商隐和一个名叫柳枝的姑娘相识。柳枝是商人的女儿，当时才17岁。她的父亲出门经商时，遇到风浪，死于湖上，她变成孤女。柳枝容颜美丽，性情活泼，而且喜欢吹笛，声音婉转动人。

　　李商隐的堂弟叫让山，与柳枝是邻居。一次，让山在柳枝家南边的柳树下，正在摇头晃脑地朗诵李商隐的爱情诗《燕台》四首。优美的诗篇立即感动了柳枝。她惊诧地问："这诗是谁写的？"让山回答说："是我的堂哥李商隐。"柳枝一听大喜，就拉断长带作了一个结，托让山转赠，并向李商隐索要诗作。

　　第二天，李商隐便和她相见了。两人一见，谈得很投机。柳枝不但活泼聪明，而且对诗歌有浓厚的兴趣，李商隐一下子便喜欢上了她。两人产生了爱情。

后来，李商隐的朋友故意开玩笑，把他的行装悄悄随身带走，他只得离开洛阳。

不久，不幸的事发生了。柳枝被贵人夺取做妾，让山把这个消息告诉了李商隐。李商隐悲痛万分，满腔相思深深地折磨着他。

一直到晚年追忆往事时，诗人无可奈何，为了表达对柳枝的思念，于是写了这首《无题》诗。

开篇风波陡起，惊心动魄地道出"相见时难别亦难"，给人以强烈的无法抑制之感。往日望穿秋水的相思，今日离别的难舍难分，明日海角天涯的凄惶，都浓缩在这短短的诗句里。诗人截取了一个独特的角度，容量极大。"东风无力百花残"，离别之际又逢落花时，伤心人对伤心景，暮春的东风无力、百花凋零与诗人心中的离情别恨交织在一起，触景伤情，情景互动，情景交融。首联以伤感的色调描绘了一幅暮春送别图。

颔联是诗人的爱情宣言：春蚕吐丝作茧，茧成蚕死丝方尽；蜡炬燃烧自己，照亮世界，化为灰烬，烛泪始干。以蚕丝象征相思，以烛泪象征相思痛苦之泪，语意双关，意象鲜明。相思无穷无尽，分离的凄苦无穷无尽，爱到呕心沥血、至死方休而无怨无悔，这样的爱情真可谓"惊天地，泣鬼神"。"春蚕到死丝方尽，蜡炬成灰泪始干"，可以言情，可以喻志，人们也常用它来表现忠贞不贰的执者无私奉献、勇于献身的崇高精神，影响非常深远。

"晓镜但愁云鬓改，夜吟应觉月光寒"是猜想相爱的双方在生活中的情态：女人晨起梳妆，很担心镜中的人儿鬓边的头发变白，岁月流逝、青春不再，女为悦己者容，女人因爱而担忧。男人在清凉如水的月光下吟叹，静谧的夜风拂来幽幽寒意；"夜吟"是因为苦苦相思，难以入眠，借吟诗以遣怀，但置身春夜，良辰美景却无佳人相伴，又更增添了凄清与孤寂。"改"与"寒"都来自当事人的心境，"但愁""应觉"是猜测之词，蕴含着脉脉情怀，表现出一种担心、怜惜之情。

　　"此去蓬山无多路，青鸟殷勤为探看"透出无法经常见面，只能靠书信传情的无奈。"蓬山"应是爱人的居所，"青鸟"是沟通双方的唯一纽带，"无多路"，没有更多的方法可想，"殷勤""探看"是希望加强联系。尾联借缥缈瑰奇的神话故事进一步表达了相互的关切。

6

第 六 辑

友情篇

　　现代文学巨匠鲁迅先生在赠别瞿秋白先生的诗文中曾说"人生得一知己足矣"意思是说，人的一生中只要有一个充分理解自己的真朋友就可以了。在艰难困苦之中，好友心灵深处的纽带会牢固地连在一起，患难相扶。文人是比较注重友谊的，唐诗中歌颂友谊的诗篇不胜枚举，在诗歌中可以清楚地看到诗人们那情浓于血的无私友情。

咏牡丹以表谢意

牡丹

李商隐

锦帏初卷卫夫人，①绣被犹堆越鄂君。②

垂手③乱翻雕玉佩，折腰④争舞郁金裙。⑤

石家蜡烛⑥可曾剪，⑦荀令香炉可待⑧熏。

我是梦中传彩笔，⑨欲书花叶寄朝云。⑩

注释

①卫夫人：春秋时卫灵公夫人南子，美艳动人，孔子曾去见她，而引起子路的不满。孔子不得不发誓自己绝无邪念。②越鄂君：春秋时楚王的母弟，貌美。有一次鄂君乘舟河上，一位越地的女郎边划船边对着他唱歌，于是鄂君将她拥入怀中，用绣被披在她肩上。③垂手：舞名，分大垂手、小垂手。④折腰：一种舞姿。⑤郁金裙：郁金，香草名，可作药用。郁金裙是绣有郁金花样的裙子。⑥石家蜡烛：西晋时的官僚石崇，极其豪奢，用蜡烛代替柴火。⑦剪：剪烛。用剪刀把蜡烛燃烧时结的烛花剪掉。⑧可待：岂待。⑨彩笔：出自江淹的典故。江淹曾梦见一名自称郭璞的男子，向他索取五色笔。江淹把笔还给他之后，就再也写不出佳作了。⑩朝云：运用巫山神女的典故，在

此比作自己倾慕的女子。

译文注释

那美丽的牡丹花啊！好像是坐在锦帐中的卫国夫人，又似身在锦绣被褥中的越鄂君。那花瓣犹如玉雕的手臂，在舞蹈中柔软低垂，不亚于穿着郁金裙的姑娘迎风争舞。石崇家千百支蜡烛的照耀，也比不上它的光艳，荀令君家香炉也要牡丹来熏吧！我得到令狐大人亲授的文采之笔，想在花叶上写诗留给后人。

背景故事

在唐代，牡丹花闻名天下，不仅皇宫中栽种牡丹，在达官贵人以至平民百姓的住宅中，也经常栽种牡丹以供赏玩。在唐宪宗和唐文宗时，令狐楚当过宰相，他非常赏识诗人李商隐的文才，聘请在他的幕府里工作。李商隐在令狐楚宅院牡丹花盛开的时候，想到令狐楚对自己的栽培，写了这首《牡丹》七律。

诗中第一句的"卫夫人"是春秋时代卫国国君的夫人南子，是春秋时期著名的美人；第二句的"越鄂君"也是传说中古代一个美丽可爱的姑娘；第五句的"石家蜡烛"讲的是晋代有个大官叫石崇，以富贵奢侈而著称，烧饭要用千百支蜡烛一齐点燃，景色十分壮观；第六句中的"荀令"是三国时曹操部下的谋臣，传说中他家中有件宝物香炉，他去别人家做客，带去的熏香味三天没有散去。

诗中的第七句用了这样一个典故。南朝时期有个叫江淹的人，他不仅相貌堂堂，而且文才出众。年老时，一次他外出寄宿一个叫冶亭的地方。夜里，外边刮起了阵阵凉风，他感到身上很冷。这时，一个少年来到他的面前，江淹问道："少年从何处来，准备去何处？"

少年回答说："我叫郭璞，是专程来找您的！"

江淹又问："找我有什么事？"

少年说："我有一支笔在你处多年，请还给我！"

江淹不解地摇了摇头。

少年指着江淹的前胸说："就在你的怀中，请还给我。"

江淹打开衣襟，果然有一枝五颜六色的彩笔，他拿出来交给了少年，少年很快消失了。江淹感到身上很冷，睁眼一看，周围什么人也没有。从此后，江淹的文才失去了，再也写不出佳句，当时人称"江郎才尽"。李商隐诗中是说自己在梦中得到了这枝彩笔。

司空见惯的由来

赠李司空妓

刘禹锡

高髻云鬟宫样妆，春风一曲杜韦娘。

司空见惯浑闲事，①断尽江南刺史肠。②

注释

①浑闲事：寻常事。②江南刺史：刘禹锡曾在江南任过连州、夔州、和州等州的刺史。

译文注释

　　诗的大意是：在这豪华的宴会上，歌女打扮入时，唱着美妙的流行歌曲，客人们觥筹交错，起坐喧哗。你李司空花天酒地，习以为常，可我刘禹锡却肝肠寸断，于心不忍。

背景故事

　　唐敬宗宝历二年（公元 826 年）的一个清晨，太阳已经高高升起，但东都洛阳太子宾客（正三品，掌侍从规谏，赞相礼仪等）李绅的府第里却是一片寂静。在一间客房里，两个美貌的侍女早已起身，静立床前，等候主人起身。半晌，客房中酣睡的人终于醒来，他看到站立身旁的两位佳丽不由大吃一惊，连忙问道：

　　"谁让二位小娘子到此？"

　　两个姑娘先是一惊，接着笑着说："郎中怎么忘记昨夜之事了？"接着，就把昨夜发生的事说了一遍。

　　原来，李绅罢滁州（今安徽省滁州市）、寿州（今安徽省寿县）刺史后，升迁为太子宾客，分司东都。而这时刘禹锡已罢和州刺史之职，任东都（洛阳）尚书省主客郎中（官名，从五品上阶，负责诸部门具体政务）。李绅素闻刘禹锡诗名，便趁刘禹锡赴任洛阳之机，邀他过府一叙。李绅大张宴席，招待刘禹锡。席间，有家妓在歌舞。两位梳着高高的像宫廷一样环形发髻的娇艳歌妓，弹奏着琵琶，并演唱了教坊名曲。

　　这清雅婉转的歌声仿佛一阵春风迎面吹来，使已经喝得醉意朦胧的刘禹锡不觉忘情，他高声索要纸笔，立即写下一首七言绝句《赠李司空妓》。

　　李绅曾做过御史中丞，是御史大夫的副官，御史大夫在当时被人称为司空。刘禹锡意思是说，李司空见惯了这些美妙的歌舞，不以为然，但却令我这个在江南做过刺史的人销魂不已。李绅看了诗后，微微一笑，就命令那两个歌妓去侍候已经喝得烂醉的刘禹锡……

刘禹锡听了两位歌妓的叙述，这才回忆起昨夜之事，深为自己的猛浪和失仪而悔恨。李大人官阶比自己高得多，前程无量，自己怎么可以这样放肆无礼呢？想到这儿，他连忙起身向李绅谢罪。

不过，刘禹锡的诗却迅即在京洛一带流传开了，从此，"司空见惯"成了脍炙人口的成语。

莫愁前路无知己

别董大①
高适

千里黄云白日曛②，北风吹雁雪纷纷。
莫愁前路无知己，天下谁人不识君？③

注释

①董大：唐玄宗时著名的琴客董庭兰。在兄弟中排行第一，故称"董大"。②曛：昏暗。③君：指的是董大。

译文注释

北国千里，满天的阴云使白日显得昏昏暗暗，北风吹来，大雁在纷飞的雪花里朝南方飞去。不要忧愁前面路上没有知心朋友，天下有谁不认识您呢？

背景故事

在唐人赠别诗篇中，那些凄清缠绵、低回流连的作品，固然感人至深，但另外一种慷慨悲歌、出自肺腑的诗作，却又以它的真诚情谊，坚强信念，为灞桥柳色与渭城风雨涂上了另一种豪放健美的色彩。高适的《别董大》便是后一种风格的佳篇。

董大，即唐玄宗时著名的琴师董庭兰。高适与董大久别重逢，经过短暂的聚会以后，又各奔他方。而且，两个人都处在困顿不达的境遇之中，贫贱相交自有深沉的感慨。此次离别不知何时才能相见，诗人写下了这首诗，于慰藉中寄希望，希望能给朋友一种满怀信心和力量的感觉。

诗的开头两句，描绘送别时的自然景色。黄云蔽天，绵延千里，日色只剩下一点余光。夜幕降临以后，又刮起了北风，大风呼啸。伴随着纷纷扬扬的雪花。一群大雁疾速地从空中掠过，往南方飞去。这两句所展现的境界阔远渺茫，是典型的北国雪天风光。北方的冬天，绿色植物凋零殆尽，残枝朽干已不足以遮目，所以视界很广，可目极千里。说"黄云"，那是阴云凝聚之状，是阴天天气，有了这两个字，下文的"白日曛"、"北风"、"雪纷纷"，便有了着落。

这两句，描写景物虽然比较客观，但也处处显示着送别的情调，以及诗人的气质心胸。日暮天寒，本来就容易引发人们的愁苦心绪，而眼下，诗人正在送别董大，其执手依恋之态，我们是可以想见的。所以，首二句尽管境界阔远渺茫，其实不无凄苦寒凉；但是，高适毕竟具有恢宏的气度，超然的禀赋，他并没有沉溺在离别的感伤之中不能自拔。他能以理驭情，另具一副心胸，写出慷慨激昂的壮伟之音。

"莫愁前路无知己，天下谁人不识君？"这两句，是对董大的劝慰。说"莫愁"，说前路有知己，说天下人人识君，以此赠别，足以鼓舞人心，激励人之心志。据说，董大曾以高妙的琴艺受知于宰相房琯，崔珏曾写诗咏叹说："七条弦上五音寒，此艺知音自古难。唯有河南房次律，始终怜得董庭兰。"这写的不过是董大遇合一位知音，而且是官高位显，诗境未免狭小。高适这两句，不仅紧扣董大为名琴师，天下传扬的特定身份，而且把人生知己无贫贱，天涯处处有朋友的意思融注其中，诗境远比崔珏那几句阔远得多，也深厚得多。

比千尺还深的友情

赠汪伦

李白

李白乘舟将欲行，忽闻岸上踏歌声。①
桃花潭水深千尺，②不及汪伦送我情！

注释

①踏歌：边唱歌边用脚踏地作节拍。②桃花潭：在今安徽泾县。

译文注释

李白将要告别朋友乘船出发了，忽然听到岸上朋友们用脚踏地打着节唱歌的声拍音。桃花潭水是那样的清澈和深湛，却比不上汪伦送我的深情厚谊。

背景故事

自公元 755 年，李白因受排挤被唐玄宗"赐金还山"，丢弃了翰林学士职位，离开了长安，10 年来走遍大江南北，感到心胸开阔。这是朝廷中一些钩心斗角的官僚所体会不到的。

李白每到一个地方，便广泛结交朋友，各地友人都很欣赏他的才华。

这年，李白从秋浦（今安徽贵池）前往泾县（今属安徽）漫游，消息很快被当地的文人汪伦知道了。汪伦是一位豪士，为人豪爽，喜欢结交朋友。这天，他饮酒赋诗，豪情勃发，突然想起了李白要来此地游览之事。这里山清水秀，景色宜人，美酒飘香，正适合李白的爱好。汪伦心想，我一定要会会这位大诗人，这真是天赐的良机，但怎么能同他相见呢？又采取什么办法呢？汪伦左思右想，忽然想出了一个好主意，他兴奋地站起来大声喊道："有办法了！"

于是他写了一封信给李白。信里说得挺有意思："你不是喜欢游玩吗？我们这里有十里桃花。你不是喜欢饮酒吗？我们这里有万家酒店。"

李白这几年因游各地，遇到过不少类似这样的事，也结交了不少情投意合的好友，更何况这位汪伦写的信又是那样的热情爽快，人如其文，这一定又是一位坦诚的朋友。此人很合李白的心意。有十多里桃花可供观赏，又有一万家酒店可供豪饮，这是多么吸引人的地方啊！李白本来就打算到这里来，见到这一番"旅游介绍"，更是迫不及待地到了泾县。

一见面，汪伦就对李白说："我信中说的'桃花'，是潭水名，并不是真的有桃花；我信中说的'万家'，是酒店主人姓万，并不是真有一万家酒店。"李白听了哈哈大笑，心想：你的性格也像我一样豪放，有意思。汪伦留李白住了几日，几天来，汪伦天天陪李白观赏当地的美景，李白也结识了这里的文人墨客，由于他兴致极高，这几天写出了许多诗篇。

这天，李白要告别朋友继续前往游览，汪伦来到江边同李白告别，为了表达对朋友的深情厚谊，他召集了许多朋友前来送行。朋友们一边高声唱着当地的歌谣，一边用脚踏地打着节拍，热情欢送客人。临走时，送给李白八匹好马，十匹锦缎，并亲自唱着"踏歌"送行。李白看到这种场面，想到就要乘船离开这些朋友了，感动得流下了眼泪。当场提笔写下了这首《赠汪伦》的诗。

诗的前两句是叙事：先写离去者，继写送行者，展示一幅离别的画面。起句"乘舟"表明是循水道；"将欲行"表明是在轻舟待发之时。这句使我们仿佛见到李白在正要离岸的小船上向人们告别的情景。

送行者是谁呢？次句却不像首句那样直叙，而用了曲笔，只说听见歌声。一群村人踏地为节拍，边走边唱前来送行了。这似出乎李白的意料，所以说"忽闻"而不用"遥闻"。这句诗虽说得比较含蓄，只闻其声，不见其人，但人已呼之欲出。

诗的后两句是抒情。第三句遥接起句，进一步说明放船地点在桃花潭。"深千尺"既描绘了潭的特点，又为结句预伏一笔。

桃花潭水是那样的深湛，更触动了离人的情怀，难忘汪伦的深情厚谊，水深情深自然地联系起来。结句进出"不及汪伦送我情"，以比物手法形象性地表达了真挚纯洁的深情。潭水已"深千尺"，那么汪伦送李白的情谊更有多深呢？耐人寻味。显然，妙就妙在"不及"二字，好就好在不用比喻而采用比物手法，变无形的情谊为生动的形象，空灵而有余味，自然而又真挚。

汪伦手拿着李白的诗，大声吟诵着，久久地望着李白远去的帆影。据说汪伦把这首诗当作宝物珍藏了起来，并传给了他的后代。

自古伤感多离别

送孟浩然之广陵①
李白

故人西辞黄鹤楼，烟花三月下扬州。
孤帆远影碧空尽，唯见长江天际流。

注释

①之：去。

译文注释

老朋友从西面辞别了黄鹤楼，在春光明媚的三月东下扬州。孤帆成为远影在蓝天里消尽，只见浩浩的长江在天边奔流。

背景故事

唐玄宗开元十五年（公元727年），27岁的李白从东南游历回来，又到了今天的湖北，在安陆（今湖北安陆），同在唐高宗时期做过宰相的许圉（yǔ）师的孙女结了婚。

李白性情豪爽，喜欢帮助别人。他从蜀中出来的时候，虽然带了不少钱，但很快就花光了。他在安陆建立家庭以后，起初的日子还过得不错，后来渐渐穷困下去，连穿衣吃饭都成了问题，只好向亲戚朋友借钱。

李白在安陆期间，认识了大诗人孟浩然。

孟浩然是襄阳（今湖北襄樊）人，未能考取进士，一生都不得意。诗人王维很看重他，曾把孟浩然邀请到自己的官署，想推荐他出仕。但因孟浩然出言不慎得罪了唐玄宗，唐玄宗把他打发回家了。

这件事对孟浩然打击很大，从此，他对当官就不那么感兴趣了。后来，当地的地方官韩朝宗约孟浩然一起去长安，要向朝廷推荐他当官。当韩朝宗去找孟浩然起程的时候，孟浩然正在和一个朋友喝酒。人们告诉他：

"你与韩朝宗约好一起去长安，他现在来了，赶快起程吧！"

孟浩然头也不抬说：

"我这里正在饮酒，没有工夫顾别的了！"

韩朝宗很生气，便一个人去了长安。后来，孟浩然对这件事竟一点也不后悔。

李白很喜欢孟浩然这种性格。所以，他同孟浩然见面之后，很快成了好朋友。

唐玄宗开元十六年（公元 728 年）春天，孟浩然与李白在江夏聚会。二十多天里，他们常在一起饮酒赋诗。三月下旬的一天，孟浩然向李白告别，登上了开往扬州的船。李白特地在黄鹤楼为他摆酒送行，并写了这首《黄鹤楼送孟浩然之广陵》。

黄鹤楼在今武汉市武昌区的江边，历来是游览胜地。广陵即扬州，是唐代最繁华的都市之一。诗的开头一、二句交代送别的时间、地点。武汉在西，扬州在东，从武汉去扬州，顺流东下，自然是向西北告别了黄鹤楼。第二句接得很好。他向哪里去呢？去扬州。"烟花三月"用得非常妙。它不仅指出了离别的季节，也表达了当时的心情。"烟花"指春天笼罩在蒙蒙雾气中的绮丽景色。江南三月，风光明媚，孟浩然将去的又是繁花似锦、绣户珠帘的江南名都，怎不令人心旷神怡。这两句表面上只写了送别的人物、地点、时间和目的地，但透过字面可以清晰地感觉到诗人对作为三吴都会的扬州的无限神往。

后两句通过对自然景物和送别情景的描写很巧妙地表达了依依惜别的情感。楼头话别，孟浩然登船启程了。诗人依然伫立江边，目送故人所乘船只远去，渐渐消失于白云碧水之间。明丽的天空下顺流行进的"孤帆远影"，本身就具有一丝孤独感和苍凉感。别情如流水，诗人凝望着天际江流，这时只有一江汹涌的波涛，奔向碧空尽处，仿佛依依不舍去追赶远行的朋友。

军营中赋诗送别

白雪歌送武判官归京
岑参

北风卷地白草折，胡天八月即飞雪。①

忽如一夜春风来，千树万树梨花开。

散入珠帘湿罗幕，狐裘不暖锦衾薄。

将军角弓不得控，都护铁衣冷难着。②

瀚海阑干百丈冰，愁云惨淡万里凝。③

中军置酒饮归客，胡琴琵琶与羌笛。

纷纷暮雪下辕门，风掣红旗冻不翻。④

轮台东门送君去，去时雪满天山路。

山回路转不见君，雪上空留马行处。

注释

①白草：西域牧草名，秋天变白色。胡天：指西域的气候。②都护：镇边都护府的长官。③瀚海：地名，今准噶尔盆地一带。阑干：纵横的样子。④辕门：古代军营前以两车之辕相向交接成门，后人称营门为辕门。

译文注释

北风卷地而来，白草都被吹折，边塞八月里就飘飞着白雪。忽然就如一夜之间春风吹来，千万树梨花处处盛开。雪花飘进珠帘沾湿了罗幕，穿着狐皮袍不感到温暖，盖着丝绵被也觉得单薄。将军的双手冻得拉不开弓，都护的铠甲冷得难以穿上。沙漠纵横，处处冰天雪地，天空昏暗，凝聚着万里阴云。营帐中设下酒席宴请归京的客人，为助酒兴弹奏起胡琴琵琶，吹奏起羌笛。暮色昏沉，辕门外大雪仍在纷纷飘落。寒风猛吹，红旗被冰冻结不再翻飞。我在轮台的东门送你离去，你去时大雪覆盖了天山的通路。道路在山中盘旋，渐渐地我见不到你的身影，雪地上只留下你骑马踏过的蹄印。

背景故事

岑参（约公元715—770年）唐代诗人。原籍南阳（今属河南），迁居江陵（今属湖北）。出身仕宦家庭。早岁孤贫，遍读经史。20岁至长安，求仕不成，奔走京洛，漫游河朔。天宝三年（公元744年）中进士。天宝八年、十三年两次出塞任职。回朝后，任右补阙、起居舍人等职。大历间官至嘉州刺史，世称岑嘉州。后罢官，客死成都旅舍。

唐玄宗天宝十三年（公元754年）八月，在安西北庭节度使封常清的主帅营帐里，正在大摆酒宴，好不热闹。边塞诗人岑参对坐在身旁的中年男子频频劝酒。这个中年男子，是岑参的前任武判官，他即将离开军营回京城长安。

突然间，酒桌上有一个同僚站起来说："都知道岑兄诗名卓著，今武兄即将离去，何不吟诗一首？"大家马上附和。

岑参笑了笑，把杯中的酒一饮而尽，站起身来，对诸位同僚说："我同武兄相交一场，情同手足，今武兄离任而去，小弟理当献丑，不过——"岑参有意顿了一下。

大家议论纷纷地追问："怎样？怎样？"

岑参接着说："好诗还需借助酒兴。咱们再干一杯，去帐外欣赏一下北国风雪交加的奇景，那时我的诗也就作成了。"

大家拍手称妙，连连点头称是。

岑参信步走出帐外，看到了一幅气势壮阔的塞外风景图：北风卷地，白草摧折，边塞的八月飞起了满天风雪。夜降飞雪漫天皆白，遍地碎玉，玉树琼枝，有如千树万树的梨花盛开。这时，片片雪花轻轻地飘落到珠帘帐幕上，使人顿觉边塞奇寒，身穿狐裘也感觉不到温暖，就连裹着的软和锦衾也觉得单薄。因为边塞气候实在寒冷，角弓受寒而弦僵硬，铁衣冰冷难穿。诗人又抬头看看远处，浩瀚无边的沙漠覆盖着百丈冰层，愁云惨淡布满了万里天空。就在这冰天雪地里，中军帐里摆酒宴为朋友武判官送行，弹起胡琴、琵琶，吹奏羌笛来助兴。酒宴快散时，时间已近黄昏，辕门外大雪还在纷纷飘落，红旗冻得风也吹不动。就在此刻，诗人在轮台东门外与朋友武判官告别，离去时茫茫大雪封住了天山的道路。诗人送友归来，峰回路转，思念着去时与武判官相伴，而今不见友人，只看到友人走后雪地上留下的一行马蹄印。

诗人热酒下肚，诗兴上涌，醮上浓墨，铺开纸张，于是奋笔疾书写下了这首《白雪歌送武判官归京》诗。

全诗开篇就定下非常有气魄的基调。一至四句："北风卷地白草折，胡天八月即飞雪。忽如一夜春风来，千树万树梨花开"，用盛开的梨花来比喻满树的雪花，一幅壮丽的北国冰雪风光顿时展现在读者眼前。"一夜春风"是写实，同时也暗含惊喜之意。平淡的北国经过一夜的银装素裹，让早起赏雪的诗人想起了观赏春天梨花盛开的好心情，梨花是在慢慢地等待中开放的，而雪花中的北国是一夜即成，欣喜之情自然更胜一筹！然而这种想象又是何等的神奇！春花烂漫本是春天的胜景，把冬天的肃杀无情换成春意盎然，实际上是诗人自己乐观人生态度的表现，同时也是盛唐时蓬勃向上、极度自信心理的自然流露。五至八句："散入珠帘湿罗幕"四句紧扣塞外风雪的奇冷，用具体的所见所闻来描写雪天的冰寒刺骨，读来亲切自然。同时把视线从室外拉到室内，雪花带着寒意"入珠帘"、"湿罗幕"，场景过渡非常流畅自然。"狐裘不暖锦衾薄。将军角弓不得控，都护铁衣冷难着。"从出征将士自己的感受来写塞外的严寒，让人感同身受。将军和都护是互文见义，将军的条件远好于普通将士，他尚且感觉"不得控"、"冷难着"，何况衣着单寒的士兵呢？但是非常奇特的是，读着这样的诗句，不仅感受不到将士生活的艰苦，反而能体会到将士们驻守边塞的豪情壮志，原因就在于诗人"好奇"的诗风和昂扬的激情。

九至十句"瀚海阑干百丈冰，愁云惨淡万里凝"，也夸张之极，不是写实，而是虚拟人所不能见的全景，虽然是想象，却又显得合情合理，让人赞叹。"翰海"指沙漠的广阔，"百丈冰"形容冰川的高峻，再加上万里不散的愁云，就像现在电影里面的全景镜头一样，给读者带来全新的视角体验。同时，诗人用一个"愁"字又为即将到来的送行作了情感的铺垫。十一至十二句"中军置酒饮归客"下面开始进入正题，描写送别的情景，用"胡琴"、"琵琶"、"羌笛"这些非常典型的西域乐器形象地渲染出了送别的场景和气氛，让人感觉到迥异于中原内地的边塞送行气氛。十三至十四句写营门外的冰雪寒风，天气奇寒。"风掣红旗冻不翻"更是塞外才能感受到的奇妙景象，连红旗都被冻住了，在狂风中一动不动，多么地神奇！而不动红旗和狂风中飞舞的雪花正好成了绝妙的对比，动静相配，给人以"诗中有画，画中有诗"的美感。十五至十八句写轮台东门送别的情景。"山回路转不见君，雪上空留马行处"，从壮丽的雪景里回到送行的主旨，感情真切，韵味深长。

同是天涯沦落人

江南逢李龟年①

杜甫

岐王宅里寻常见，崔九堂前几度闻。②

正是江南好风景，落花时节又逢君。

注释

①李龟年：唐玄宗时的著名歌唱家，曾进入内廷歌舞团体梨园。②岐王：唐睿宗第四子李范，唐玄宗之弟。崔九：崔涤，中书令崔湜之弟。他与玄宗关系密切，用为秘书监，开元十四年（公元726年）卒。

译文注释

当年在岐王府中经常与您相见，在崔九堂前多次听到您的歌声。真没想到在这风景如画的江南，百花凋谢的暮春里又遇到了您。

背景故事

李龟年是唐朝开元、天宝年间"特承顾遇"的著名乐师和歌唱家。他曾经经历了唐朝最繁盛的时代，在许多宫廷宴会和上流社会的交际场合表演过。他的弟弟李彭年、李鹤年，也都是当时很有名的艺术家。据说，李龟年兄弟在东都建筑府第时，大兴土木，其豪华奢侈，超出了当时的公侯。

天宝十四年，安史之乱发生了。李龟年在战乱中离开了长安，到处漂泊流浪。代宗大历四年，李龟年浪迹湖北、湖南一带，当时的湘中采访使听说了他的下落，便找到他，把他请到了官府。

这天，湘中采访使正在大宴宾客，请了许多当地的名流和有名的文人，其中大诗人杜甫也在座。

杜甫是从夔州（现在四川奉节县）来到长沙的，他为了躲避战乱，从长安逃往四川，战乱平定后，又从成都流亡到夔州，在那里住了三年，因为日夜思念着家乡，试图要顺流而下，取道湖北，返回河南。谁知诗人穷困潦倒，旅途困乏，又无法北上回家了，无奈中想要到郴州投奔舅舅，路过长沙，因此也被邀请来了。

李龟年的出现，还是给这个宴会带来了一定的震动。谁都知道，李龟年曾经是红极一时的歌唱家，他曾陪伴过皇上的游乐宴饮，出入过大大小小的场面，自从战乱以来，许久都没有他的消息了。有一些传闻说他早死于战乱了呢！今天见了，人人都表现得十分激动。大家屏息静听着他的歌声。

李龟年的心里也很不是滋味。他已经多年没有参加过这样的聚会了。流落在外，饥一顿饱一顿的，国家破败之时，百姓也无法安居了，谁还有闲情听他演唱呢？如今这场面，和当年在长安是多么相似呀！感慨之余，李龟年又唱起了几十年前长安城里流行的相思曲：

红豆生南国，春来发几枝。

愿君多采撷，此物最相思。

唱着唱着，他不觉掉下泪来。在座的宾客都被感染了，座中一时响起一片唏嘘哀叹之声。其中感慨最深、流泪最多的恐怕要数杜甫了。

杜甫和李龟年是老相识了。杜甫早在年轻时游历长安，正值"开元全盛日"，当时的王公贵族普遍爱好文艺，而杜甫因为才华卓异常常受到岐王李范和秘书监崔涤等人的延接邀请，得以在他们的宴会上见到李龟年，欣赏到他的演唱。一位杰出的艺术家，他既是特定时代的产物，也是特定时代的标志和象征。在杜甫心里，李龟年是和鼎盛的开元时代，和自己充满浪漫情调的少年梦想联系在一起的。如今四十多年过去了，在江南与他重逢，怎么能不感慨万分呢？

这时，遭受了八年动乱的李唐王朝业已从繁荣鼎盛的顶峰跌落下来，陷入重重矛盾之中。经历过盛世的人，又都沦落到不幸的地步，憔悴的老诗人碰到晚景一样凄凉的老歌唱家，怎能不感伤呢？多少年来的战乱，多少年来国家的不幸和个人的颠沛流离，一时间都涌到一起来了。诗人越来越控制不住自己的感情了，即兴写下了这首《江南逢李龟年》。

这是杜甫绝句中最富情韵，蕴涵也最丰富的一篇。

"岐王宅里寻常见，崔九堂前几度闻。"诗人追忆当年与李龟年的接触。杜甫出身于"奉儒守官，未坠素世"的官宦家庭，祖父杜审言是武则天时代的膳部员外郎，著名诗人；父亲杜闲，做过兖州司马、奉天（陕西乾县）县令，这样的家庭在社会上享有一定的特权，有资格结交权贵人物和社会名流，加上他才华卓著，故在青少年时期就能出入岐王李范和秘书监崔涤的宅第，欣赏李龟年的歌唱。这两句既写出了杜甫与李龟年在"岐王宅里"和"崔九堂前"频繁接触的情景，又暗示出盛唐时期"开元全盛"的繁华景象：笙箫不断，歌舞升平。

"正是江南好风景，落花时节又逢君。"承接上两句，点明时间、地点、事件。时间是"落花时节"的暮春三月，地点是风景秀丽的江南，事件是"又逢君"。发语轻松，感情沉重。一个"又"饱含了多少人事沧桑！忆往昔，李龟年是当红歌星，名噪一时；杜甫是青春年少，胸怀壮志。可如今，经过安史之乱，李龟年流落江南，沿街鼓板，唱不尽兴亡梦幻；杜甫孤身漂泊，疏布缠足苦不暖，穷愁潦倒。所以，"落花时节"既是写实，又是象征，它暗示着两位有着共同遭遇的憔悴老人，经战乱之后均沦落到了不幸之地，他们当年所见的"开元全盛日"已成为历史的陈迹！时代的沧桑巨变留给人们的只能是无穷的慨叹与悲哀！通过诗人的追忆感喟，使人不难感受到毁灭了唐代社会物质财富和文化繁荣的那场大动乱的阴影，以及它给民众造成的巨大灾难和心灵创伤。

离别时刻，再饮一杯又何妨

渭城曲①

王维

渭城朝雨浥轻尘，客舍青青柳色新。②
劝君更尽一杯酒，西出阳关无故人。③

注释

①诗题原作《送元二使安西》。渭城：在今陕西省西安市西北。②浥：湿润。③阳关：在今甘肃省敦煌西南，为自古赴西北边疆的要道。

译文注释

渭城清晨的细雨正沾湿路尘，旅舍前面碧草青青柳色一新。劝君再饮一杯离别时的美酒，你走出西边的阳关，难见故人。

背景故事

唐代诗人王维是一个多才多艺的诗人。他结交了许多知心朋友，元二就是其中的一个。有一天，王维在渭城（今陕西省西安市西北）为友人元二送行。元二要到遥远的新疆去任职，心中感到十分难过，他对王维说："老弟，这次分手，也许没有相见的机会了，岂能不送为兄一首诗？"

王维笑道："这个理所当然，兄长即使不说，小弟也要送你一首！"

于是，王维看了看眼前的景色：小雨湿润了地上的尘土，客舍附近是翠绿清新的杨柳。他高兴地摆出酒席，劝元二多喝一杯酒，因为出了阳关（今甘肃省敦煌市西南）就难遇上老朋友了。当王维酒喝完之后，命书童拿来笔、墨、纸、砚，一挥而就写下了这首《送元二使安西》诗。

这是一首送别佳作。首句"渭城朝雨浥轻尘"，描绘的是渭城雨后初晴的景象。这是春天的一个早晨，刚刚下过一场小雨，把空气中的浮尘都打湿了。这一句交代了送别的时间、地点。"客舍青青柳色新"，雨水洗去柳叶上的浮尘，柳树显出它不同往日的青翠的本色，所以说是"柳色新"。在柳色的映衬下，客舍都显出青青之色。与常见的送别诗不同，这首诗一反常见的黯淡笔调，为我们展现了一幅清新轻快的景象。

在前两句交代了送别的时间、地点，并渲染了气氛之后，后两句笔调一转，匠心独运，不言其他，单写酒席即将结束时主人的劝酒辞："劝君更尽一杯酒，西出阳关无故人。"

他不写执手相看泪眼，不写席间的殷勤话别，不写别后的瞩目遥望，而只是抓取席将结束时主人的一句劝酒辞，其他的话似乎不用多说，都已尽在不言中。

第 七 辑

亲情篇

　　古时，交通不便，无论是戍守边疆还是外出做官，一旦与家人离别，便很少有机会相见；若遇上时局动荡、战争连年不断，一别就是十几年或几十年，亲人们天各一方，杳无音信，说不尽的是永远的牵挂和担忧，道不完的是彼此的相思与怀念，而这些，在他们的诗歌中得到了真实的体现。

寂静深夜里的思乡情

静夜思

李白

床前明月光，疑是地上霜。

举头望明月，低头思故乡。[①]

注释

①举头：抬头。

译文注释

床前洒下一片银白色的月光，我怀疑是地上结了一层秋霜。抬头凝望碧空中的明月，低头思念遥远的故乡。

背景故事

李白曾到处漫游，遍访求学。在外时间长久了，难免会有孤寂之感和思乡之情，尤其是在那寂静的长夜。

有一天深夜，李白一人孤独地躺在床上难以入眠。茅屋外是凉森森的秋天。窗外月光明亮皎洁，一直照到了床前。朦胧之中，床前那片水银般的白色月光，真像地上的秋霜。这象征团圆的一轮明月，使大诗人李白无法入睡了，他索性坐了起来，抬头隔窗望着天上的明月。这时，那孤寂的寒月，撩起他无限的幽思、深切的思念，他不知不觉地低下了头。依稀之中，仿佛见到了故乡的圆月、故乡的亲人。

这时候，月亮拨动了他乡游子的心弦，于是他借月怀乡，充满激情地写出了这首在静夜里思念故乡的诗《静夜思》。

本诗写的是在寂静的夜晚思念家乡的情感。夜深寒气袭人，月光照在床前十分明亮。因思乡而难以入眠的诗人看到床前一片水银似的白色，骤然间以为是秋霜降落。这一"霜"字用得很妙，既形容了月光的皎洁，又表达了季节的寒冷，还暗示了思乡的情感：如果不是大半夜还未入睡，怎会在床上感觉寒冷。诗人抬头望见夜空上一轮弧光，自然引起无限惆怅，不由得低下头来沉思，愈加想念自己的故乡，因而黯然神伤。望月思乡，是古人旅居外地时所常有的感情。此诗即景生情，从"疑"到"举头"，从"举头"到"低头"，形象地表现了诗人的心理活动过程，以平淡的语言娓娓道来，将一幅月夜思乡图生动地呈现在我们面前。

自古多情相思苦

夜雨寄北①
李商隐

君问归期未有期，巴山夜雨涨秋池。②

何当共剪西窗烛，却话巴山夜雨时。③

注释

①诗的另一个题目为"夜雨寄内"。②巴山：因其境内有大巴山、小巴山，常用巴山代指巴渝地区。③何当：何时能够。

译文注释

你问我回家的日子，我自己也不知道，今夜，巴山的雨下得这么大，池塘的水都涨满了。什么时候才能与你同坐西窗共剪烛花呢？那时我还要告诉你在巴山夜雨时我思念你的心情。

背景故事

公元838年，李商隐从长安前往泾川（在今甘肃），正式投到泾原节度使王茂元幕下，担任了掌书记的职务。王茂元对李商隐的才学十分器重，不但优礼相待，而且还把最小的女儿嫁给了他。当时朝廷上牛、李两党的斗争已经十分尖锐。牛党的令狐绹一向把李商隐视为知己，帮助他考中过进士。现在李商隐却成了李党王茂元的女婿，不能不引起令狐绹的切齿痛恨。从此他便在政治上处处排挤和打击李商隐。不久，李商隐到长安去参加博学鸿词科考试。由于文章写得很好，初审时已经被吏部录取，但在上报中书省时，却意外地遭到了黜落。很明显，这是牛党从中作梗的结果。李商隐感到十分气愤。

妻子王氏在泾川得到李商隐落选的消息，立即派人送去一封书信，宽慰李商隐不要灰心气馁，并劝他早日回家相聚。

第二年春天，李商隐终于通过考试，被朝廷任命为秘书省校书郎。可是只过了几个月，一纸诏书又把他调到潼关以东的弘农（今河南灵宝北）去担任县尉。他不得不怀着抑郁的心情告别王氏，赶到弘农去上任。

在以后的几年里，他南北奔波，远离家乡，久久不能与王氏见面。因此他经常感到闷闷不乐，难以释怀。

公元847年，李商隐已经36岁，政治上仍然毫无建树。这时，属于李党的郑亚忽然被任命为桂管防御观察使，要到西南的桂州（今广西桂林）去上任。他很赏识李商隐的才华，聘请李商隐做他的幕僚。李商隐欣然同意了。

当时，李商隐一家已迁到长安居住。入夜以后，王氏为丈夫整好行装，就和李商隐坐在烛光下殷勤话别。她想到桂州离长安有两千多里，李商隐此去不知何时才能归来，辛酸的泪水不由模糊了她的两眼。

李商隐来到桂州后，郑亚对他非常器重，特地派他作为专使到江陵去处理公务。第二年正月，李商隐刚返回桂州，郑亚又请他前往昭平代理太守之职。对于这些礼遇和信任，李商隐心里十分感激。

可是时隔不久，一场意外的变故发生了。牛党中的白敏中、令狐绹等人，趁宰相李德裕被罢官贬谪的机会，落井下石，对李党进行了全面的排挤和打击。二月间，郑亚接到朝命，被贬往循州（今广东惠州市东）去做刺史。李商隐失去了政治上的依靠，只好离开桂州，去投奔当时担任节度使的远房表兄杜悰。

就在这时候，李商隐忽然收到了王氏从长安的来信。信中除了向他倾吐相思之情外，还问他何时才能返回家园。李商隐含着眼泪读完以后，仍然决定先到西川走一走，等事业上有了成就，再回去同王氏团聚。

第二天，李商隐从荆州乘船溯江西上，经过一个多月的航程，终于来到山城夔州。这时天气忽然骤变，暴雨连绵不断，江上白浪翻滚，惊涛拍岸，船只根本无法开航。李商隐只好在城中暂住下来。

窗外响着淅沥的雨声，雨水注满了院中的池塘，绵延高耸的巴山也仿佛沉浸在一片雨雾之中。李商隐对着昏黄的灯光，细细重读妻子的来信，一年以前他在长安同王氏剪烛西窗、殷勤话别的情景忽然清楚地映现在眼前。

深厚的情谊、无限的思念，就在一刹那间奔涌到李商隐的心头，汇成了一首传诵千古的名作《夜雨寄北》。

"你问我归来的日期，还没有定呢。"首句似平平常常地回答远方的询问，细品之下，内涵却很丰富，故乡亲人的殷切期盼，自己羁绊异乡的无可奈何，归期未定的抑郁惆怅，都融合在这一问一答中。

次句写自己置身之地的自然环境。因处四川盆地，四面大山环绕，巴渝地区多夜雨，巴山夜雨是重庆秋季独特的景观，常常白日晴空万里，夜晚淅沥小雨如期而至，洗去了一天的浮尘、暑气，第二天又是一个清新凉爽的早晨。万籁俱寂时飘舞在巴山夜空的细雨，触动了无数多愁善感的心灵，唤起了漂泊在外的游子多少思乡的愁绪。诗人抓住当地景物的特点，以细细密密的秋雨涨满秋天的池塘给人的感觉，来抒发羁旅的凄清孤寂。

三、四两句设想未来相聚的情形。什么时候我们能够坐在西窗之下，共剪烛花？那时再来谈论今晚的巴山夜雨。诗中又出现了"巴山夜雨"，只是此巴山夜雨不是眼前的实景，而是未来相逢时谈论的话题。以想象中美好的场景来突现今日的相思之苦。

天涯游子的牵挂

游子吟

孟郊

慈母手中线，游子身上衣。①

临行密密缝，意恐迟迟归。②

谁言寸草心，③报得三春晖。④

注释

①游子：离家在外的儿子。②意恐：担心。③寸草：小草，比喻游子。④三春晖：春天的阳光，比喻母亲对子女的关心。

译文注释

慈母手中拿着针线，缝制着游子身穿的寒衣。临行前一针一线细细密密地缝，生怕儿子迟迟不归。小草向着太阳，就像儿女心向母亲。儿女小草一般的情，哪报得了母亲太阳般的恩。

背景故事

孟郊小时候家境非常贫寒，但是他母亲却是一位有见识的女子，为了孩子们的将来考虑，她不惜多做一些活计也一定要让他们读书识字。

孟郊小时候就很聪明，而且非常懂事。他看到母亲为他们几个日夜操劳，人都累瘦了，就暗下决心，一定要好好读书，长大了做个能养家的男子汉，要让母亲过上好日子。几十年过去了，孟郊经过不懈的努力，终于考中了进士，50岁时，他谋得了溧阳尉的官职，虽然晚了些，但还是实现了自己的目标，更可以完成自己尽孝的心愿。他想到自己多年在外漂泊，始终未能尽孝，心中非常惭愧。如今谋到了事做，他决定把老母亲接到身边，终日陪伴奉养，以报答母亲的养育之恩。主意拿定，他即刻告假还乡，亲自回家迎接自己的母亲。

经过一路奔波，终于看到家乡熟悉的山水，诗人不禁有无限感慨。看到儿时嬉戏过的草地池塘，亲切之感顿生。一切似乎没有多少改变，那间简陋的老屋，因为多年失修，显得更加破败不堪了，屋旁那棵老树也增添了几枝枯干，是啊，它也在岁月的长河里迁延，在风雨的飘摇中老去。年迈的老母亲坐在床头，伛偻着腰身，她又在缝补衣裳了。这样的情景有过多少次啊！时光染白了她的双鬓，岁月改变了她的容颜，使她皱纹满脸，眼神昏花。孟郊想到了许多个分别的场面。他一生中和母亲的分别太多了，太寻常了。每次出门应举，都是一次伤心难过的远别。离开母亲的时候，母亲总是千叮咛、万嘱咐。嘱咐他一路小心，嘱咐他不要出去太久，嘱咐他莫要挂念家中……那盏熟悉的油灯总是发着昏暗的光，把母亲的焦急和担忧照得透亮。母亲拿着针线，为出远门的孩子缝补衣裳，缝啊补啊，总是没有停歇的时候……

想着想着，孟郊眼里已是热泪盈眶。他迈进小屋，跪在母亲的床边哭喊："母亲啊，儿回来接您来了。"多少年了，一直说着要报答母亲，现在终于有了这样的机会，孟郊的心情实在是太激动了。母子互相搀扶起来，互道别后的艰难生活和思念之情。

孟郊把母亲接到了溧阳任上，又怀着激动的心情写下了这首情真意切的《游子吟》，来表达对母亲的热爱和感激之情。

前四句写母爱，诗人选取母亲为儿子赶制衣裳的情景，通过缝衣的动作刻画，把母亲的心情剖露得十分细腻深刻。诗人以小见大，以偏概全，表现了深沉博大的母爱，后两句以寸草难以报答春日的恩德作比喻，新颖贴切，抒发了对母亲的无限感激之情。"寸草心"、"三春晖"千古以来成为专指子女形容自己孝心和父母恩慈的语汇。

同时，多年来仕途失意，诗人饱尝世态炎凉，穷愁终身，便更加觉得亲情的可贵。所以抒情也才如此自然真挚，在清新流畅，淳朴自然的叙述中，诗味才更加浓郁醇美。

孟郊对母爱的歌颂也给后世的人们做了榜样，使得我们一想到母亲的辛劳，就会想起这首诗来。

思念远征的夫君

子夜吴歌

李白

长安一片月，万户捣衣声。①

秋风吹不尽，总是玉关情。②

何日平胡虏，良人罢远征。③

注释

①捣衣声：古代妇女把布帛放置砧上，用杵捶击，捣洗后便于制衣。秋天正是备寒衣时节，这时的捣衣声最能引起思妇对远方亲人的怀念。②玉关情：指对远戍玉门关外的丈夫的思念之情。③平胡虏：平定敌寇。良人：丈夫。罢：停止。

译文注释

长安城里洒满了月色，千家万户捣衣声声。吹不尽的秋风阵阵，就如我对戍守关外的丈夫的思念之情。何时才能平定胡寇，使亲人不再去关外远征？

背景故事

这是一首思妇诗。诗人描绘秋月之下，千家万户都在为亲人赶制寒衣的生活场面，从侧面揭示了战争的宏大规模。为广大妇女抒发了盼望战争早日结束，亲人归来团聚的心声。

诗人李白有感于此，写下了这首《子夜吴歌》。

诗的前四句用白描手法写景，为抒情创造环境氛围：秋天的晚上，一片月光笼罩着长安的夜空，秋风萧瑟，家家户户不断传来此起彼伏的捣衣声，人们正忙着准备冬衣。所谓捣衣，其实是捣布，即把织好的布帛放在石砧上用杵捣击，使之软熟，以便缝制棉衣。诗人由景入情，由"一片月"连起"万户"，由"万户"引出"捣衣声"。从这捣衣声中，诗人想象这些妇女们是在准备为征戍的丈夫缝制征袍，她们一面捣衣，一面怀念戍守玉门关的丈夫。"秋风"两句承上景而直接抒情：阵阵秋风不仅吹拂不掉思妇的深沉无尽的情思，反而勾起她们对远方亲人的思念。"不尽"既形容秋风阵阵，也形容情思的悠长缠绵。这吹不断的情思又总是飞向远方，那么执着，一往情深。最后两句直接抒情议论，喊出了思妇的共同心声：什么时候才能扫平胡虏，消除战争，亲人停止远征，结束这动荡分离的生活呢？这是对胜利的渴望，更是对和平的呼唤。由于这首诗不同于一般单纯表达相思愁苦的诗，它借思妇之口，表达了当时人民大众对和平的向往，因此历来为人们所喜爱。

兄弟情深

月夜忆舍弟

杜甫

戍鼓断人行，秋边一雁声。①

露从今夜白，月是故乡明。

有弟皆分散，无家问死生。

寄书长不达，况乃未休兵。②

注释

①戍鼓：戍楼上的更鼓。杜甫当时在秦州，城楼上有戍兵守夜，定时击鼓。秋边：一作边秋，指秋天边远的地区，秦州远离长安，故言"秋边"。②未休兵：指安禄山已死，史思明从范阳引兵南下，再次攻陷汴州、洛阳等地，战事激烈。

译文注释

戍楼上传来更鼓的声音，道路上无人通行，边塞荒凉的深秋里，传来了鸿雁的啼鸣。霜露在今夜里格外洁白，故乡的月色应更加光明。虽有兄弟，都分散在各地，没有了家园，去何方探问他们的死生？寄出的书信长久不能到达，况且连年战争无法休兵。

背景故事

杜甫于唐肃宗乾元元年（公元 758 年），由左拾遗贬为华州（今陕西省华县）司功参军后，当地发生饥荒，便弃官移家秦州（今甘肃省天水市），这时诗人的心情极为苦涩压抑。乾元二年九月，史思明攻陷东都洛阳及济、汝、郑、滑四州。当时，只有弟弟杜占跟随身边，其他三个弟弟杜颖、杜观、杜丰分散在河南、山东等地，由于战争频繁，消息断绝，诗人心头时常萦绕着对弟弟们的无限忧虑、关心和怀念。

乾元二年秋天，白露节的夜晚，清露盈盈，明月朗照，诗人久久不能入睡，只得信步走到室外。望着天空的一轮明月，他思念起长久不通音信的弟弟们，于是写下了《月夜忆舍弟》诗。

　　诗的首联："戍鼓断人行，秋边一雁声。"写战时边地秋天凄凉境况。此时史思明叛军进犯于黄河南北，西南吐蕃不时侵扰，秦州战事紧张。报警的戍鼓声响，实行夜禁，人行断绝，这是所见。接着写听到孤雁之声，气氛更为凄凉。"雁声"既点明秋季，又喻"兄弟雁行"、孤雁失群，联想起兄弟失散，引发忆弟的情怀。

　　颔联："露从今夜白，月是故乡明。"写思乡之情。意谓在这白露节的夜晚，诗人夜深久立，霜繁露重，望月思乡，想象故乡的月色一定更加清丽明朗。这种幻中之感更加突出他浓重的乡情。

　　颈联："有弟皆分散，无家问死生。"在前两联写"月夜"的基础上，紧扣题目，写"忆舍弟"。由上联的"思乡"过渡到这联的"忆弟"，十分自然贴切。杜甫兄弟五人，他居长，四个弟弟名颖、观、丰、占。此时杜甫身边只有小弟杜占，其余三个分散在河南、山东，正是战乱之区，故说兄弟分散，天各一方。家已不存，生死难料，令人伤心断肠，此联概括了安史之乱中广大人民饱经忧患、骨肉分离的痛苦遭遇。

　　尾联："寄书长不达，况乃未休兵。"紧承上联"忆弟"，进一步抒写内心忧虑之情。兄弟离散，寄书常常不达，何况现在战事频仍，生死茫茫，更难有骨肉消息。既是写深沉的"忆"，更是对"未休兵"的"愤"！

8

第八辑

悲情篇

人生不如意者十常八九，有仕途的失败，也有人生的无奈，更多的是不满现状却又无能为力的忧愁和悲哀：天才少年王勃、李贺英年早逝；徒有报国之志的李白、杜甫抑郁终生也没有受到重用；还有孟浩然，因为一句无意写成的诗句得罪了皇帝，从此与仕途彻底绝缘，不得已过起了隐居田园的生活……这些种种的遗憾在诗人们的笔下化作了一曲曲悲歌。

英年早逝的天才少年

送杜少府之任蜀州

王勃

城阙辅三秦，风烟望五津。①

与君离别意，同是宦游人。

海内存知己，天涯若比邻。

无为在歧路，儿女共沾巾。

注释

①城阙：指唐代都城长安。辅：护卫。三秦：泛指当时长安附近的关中之地。古为秦国，秦亡后，项羽分其地为雍、塞、翟三州，故称三秦。

译文注释

三秦拱卫着雄伟的长安城，透过辽阔的风光遥遥望见五津。你我都是远游四方以求进仕的宦游人，分别时我们都怀着离情别意。四海之内只要我们把朋友放在心间，哪怕相隔天涯也如近邻。不要在岔路口分手之处，像少男少女一样泪湿佩巾。

背景故事

王勃在少年时就显露出了出众的才华，6 岁能写诗作文，15 岁时应举及第，被誉为神童，授了官职。

那时，贵族高官盛行斗鸡，许多闲得无聊的王爷们把这当做了生活的一部分。斗鸡有输有赢，赢了就高兴万分，到处吹嘘自己；输了就恨天怨地，总想乘机报复，由此便生出许多是非来。王勃年少气盛，有一次替某王爷写了一篇檄文，声讨另一王爷的斗鸡。这本是开玩笑的事，被唐高宗知道后却当了真，认为王勃是在挑拨诸王，造成不和，当即勃然大怒，革了他的职。

此后，王勃也曾做过几任小官，都因故被革职。

约在王勃 25 岁时，为到海南探望做官的父亲，路过南昌滕王阁。那天正是重阳节，秋高气爽，都督阎伯屿在阁上大宴宾客，主要是准备借机显显他女婿的文才。阎都督在席上假请众位宾客写文，大家心里明白，都推辞了，好让这位女婿把事先准备好的文章抄写出来。唯有王勃这个不速之客，竟然接过纸笔便写了一篇《滕王阁序》，文中佳句迭出，美不胜收。后来王勃渡海时不慎落水，一代诗人便这样去世了。

王勃的诗，决不输于他的文章。有一次，他在京都长安，送一位姓杜的朋友到蜀地（今四川省）任县尉时，他举目看到长安城被辽阔的三秦地区拱卫着，偏僻的蜀地在风烟迷蒙中望也望不清。跟朋友分别，境况同是一样，大家都离乡背井在官场中沉浮。于是挥笔立就《送杜少府之任蜀州》诗：

首联中的"城阙辅三秦"是一个倒装的句式，其实是"三秦辅城阙"，指长安的城垣宫阙都被三秦之地护卫着。这一句一扫以往送别诗常有的萧索黯淡之象，起笔雄伟。下句"风烟望五津"。五津指四川境内长江的五个渡口，泛指蜀川。这里诗人用一个"望"字跨越时空，将相隔千里的两地连在一起。"风烟"在此起了渲染离别气氛的作用，从而引出下句。

　　颔联"与君离别意，同是宦游人"，这是诗人在直抒胸臆。诗人并没有接着叙写离情别绪，而是笔锋一转，转而说你我都是远离故土的宦游之人呀，彼此间应该都能体会这种心情吧。也许是思绪太多，也许是无从说起，诗人在此有意略去了对众多思绪的叙写，而留下一片空白让读者去填补，增加了无限想象的空间。

　　离别总是伤感的，但诗人并未停留于伤感之中，颈联笔锋一荡，意境又开阔了起来："海内存知己，天涯若比邻。"强调友人间重在知心，天涯相隔也会是像相邻一样。这句使友情升华到一种更高的美学境界，早已成为千古名句。

　　尾联紧跟前三联，以劝慰杜少府作结。"无为在歧路，儿女共沾巾。"送别常常在分岔路口分手，"歧路"又一次照应送别之意。这句是诗人在即将分手之时劝慰杜少府之语：不要在分手之时抹眼泪了，像小儿女一般，只要心心相印，远在天涯，不也如近在咫尺一般么。

举杯销愁愁更愁

宣州谢朓楼饯别校书叔云[①]

李白

弃我去者昨日之日不可留，
乱我心者今日之日多烦忧。
长风万里送秋雁，对此可以酣高楼。

蓬莱文章建安骨，中间小谢又清发。②

俱怀逸兴壮思飞，欲上青天揽明月。

抽刀断水水更流，举杯销愁愁更愁。

人生在世不称意，明朝散发弄扁舟。③

注释

①谢朓楼：南齐诗人谢朓做宣城太守时建，又称谢公楼、北楼，唐末改名叠嶂楼。校书叔云：李云曾为秘书省校书郎，唐人同姓者常相互攀连亲戚，李云当较李白长一辈，但不一定是近亲。②蓬莱：汉时称中央政府的著述藏书处东观为道家蓬莱山，唐人用以代指秘书省。建安骨：汉献帝建安时代的诗文慷慨多气，史称建安风骨。这一句指李云。小谢：即谢朓，与其先辈谢灵运分称大、小谢。③散发弄扁舟：指避世隐居。散发就是发不整束，解冠归隐。扁舟：小船。弄扁舟喻避世隐遁。

译文注释

过去的岁月弃我而去，不能挽留，现在的时日扰乱着我的心，使我有许多烦忧。万里长风吹送着秋雁，面对这美好的秋景，我酣饮在这高楼。建安时期的诗文是最美好的文化，六朝的谢朓诗文清新俊秀。他们的诗文洋溢着超远的兴致和刚健的感情，就如登上青天采摘明月。我抽出宝剑欲斩断流水，流水却更加向前奔流。我举起酒杯欲浇灭忧愁，忧愁不灭却更加烦愁。我在这人世间多不如意，明天披头散发去驾小舟归隐。

背景故事

大诗人李白不论在什么处境下，都与酒结下了不解之缘，高兴时借酒助兴，失意时借酒浇愁。

李白在长安时，留下了不少轶事。他被唐玄宗封为翰林供奉后，无非是写写文告，以文学辞章为君王点缀点缀，平时没有什么公务，为了排愁解闷，他经常与贺知章等一些朋友出去饮酒吟诗。

有一天，宫中牡丹盛开，唐玄宗和杨贵妃在沉香亭前赏花，并命李龟年带领十六名水平最高的梨园弟子奏乐唱歌。乐师们各执乐器，正准备演奏，唐玄宗说："对着美丽的牡丹，漂亮的贵妃，怎么能唱旧歌词呢？还是把李白请来，让他填新词吧！"

李龟年不敢怠慢，带了几个内侍，匆匆赶到翰林院，可翰林院人说："李白一大早就出去喝酒了！"李龟年找遍了长安街上有名的酒楼，终于找到了李白。这时，李白已喝得酩酊大醉。

李龟年走上前去，大声宣诵："奉皇上旨意，宣李学士立刻去沉香亭见驾！"

李白微睁醉眼，半理不睬，口中念念有词："我醉欲眠卿且去！"说完，便睡着了。

李龟年无奈，只好叫随从们七手八脚把李白抬下楼，扶上马背，送到沉香亭前。

唐玄宗看到李白醉得像一堆烂泥，便命人在地上铺了一块毛毯，让李白睡在上面，并亲自用袖子擦去李白口角的涎水，又吩咐端来醒酒汤，让李白喝下。杨贵妃说："我听说冷水喷面可以解酒。"于是，当时著名的歌唱家念奴含了一口水，喷到李白脸上，李白才从醉梦中惊醒。

唐玄宗、杨贵妃、李白等人来到牡丹花前，李白脸露笑容，一挥而就，写下了三首著名的《清平调》。

唐玄宗看歌词美丽流畅，称赞不已，立即叫李龟年配曲演唱。唐玄宗也情不自禁，拿起玉笛，倚声伴奏。

后来，高力士以这三首《清平调》诬陷李白，李白终于得不到重用，被放归山。

诗人从自己被放归山的遭遇中，看到了唐王朝的日益腐败，自己的抱负不能施展，理想难以实现，心中十分苦闷。天宝十二年（公元753年）秋，李白游宣城，饯别族叔李云，在《宣州谢朓楼饯别校书叔云》诗中一吐郁闷。

全诗以唱叹起调，感慨去日苦多，今日愁闷。因饯别友人，他秋日登上高楼，望长风飞雁，俯仰身世，感慨万端，于是对酒放歌。在这里，诗人的烦忧不是惜别，而是怀才不遇。接下来"蓬莱"二句，从谢朓楼联想到汉魏六朝的著名诗人，用以暗喻叔云和自己以及在座诸人的才学和抱负。他称赞校书叔文章老成，得两汉蓬莱之风，切建安风骨；又说自己则如建此楼的谢朓，诗文清新秀发，两人都有壮志逸兴，可共上青天揽取明月。至此，先前的烦忧在这想象中似已烟消云散。但是，这逸兴来去皆匆匆，愁思又猛然袭来，诗人以"抽刀断水水更流"起兴，抒写自己"举杯销愁愁更愁"的情怀，说明"酣高楼"反而让心中的烦愁更加深重了，不禁发出了"人生在世不称意"的感慨。这个"不称意"又对应了起首句的去日之苦和今日之烦忧，由此诗人便自自然然地有了解冠泛舟，欲与世决绝，从此浪迹江湖归隐江湖的慨叹。

战争带来的灾难

春望

杜甫

国破山河在，城春草木深。①

感时花溅泪，恨别鸟惊心。②

烽火连三月，家书抵万金。③

白头搔更短，浑欲不胜簪。④

注释

①国破：唐玄宗天宝十五年（公元 756 年）六月，安禄山、史思明叛军攻下唐都长安。②感时：感叹时事。恨别：怨恨与家人离别很久的社会现状。③连三月：连续三个月，或言其久。抵：值。④浑欲：简直要。

译文注释

国都沦陷，城池残破，虽然山河依旧，可是乱草遍地，林木苍苍，一片凄凉的景象。看到这连年战乱给人们带来的灾难，怎能不让人加倍思念家里的亲人，怎能不为这悲惨的景象而伤心落泪？就连鸟儿唧唧吱吱的叫声听后都叫人胆战心惊！战火连续燃烧了几个春秋。家里至今没有音讯，如果这里能收到一封来信，那真能值万两黄金，然而这个愿望是不可能实现的。诗人无可奈何，抬手抓了抓自己头上的白发，觉得白头发也越来越短，已经差不多快插不上簪子了。

背景故事

唐朝天宝十四年（公元 755 年），安禄山勾结史思明在范阳起兵，发动叛乱。第二年六月，安史叛军攻下了军事重地潼关，唐玄宗仓皇逃到四川。七月，唐肃宗在灵武即位。这时，逃难中的杜甫把家安顿在鄜州的羌村，准备去投奔唐肃宗李亨，他独自一人向灵武进发。

这天，他正随逃难的百姓匆忙赶路，一队叛军迎面赶来，也不知道叛军们是怀疑他们中有唐朝的密探，还是要补充军队，把他们统统地全都抓了起来，并押往叛军的一个营地，逐个进行审问。

杜甫被带到一个叛军头目的住处。小头目打量杜甫一番厉声问道："你在当朝做过什么官？是什么人派你到这里来的？"

杜甫回答道："我不是什么官，只不过是个普通的老百姓，是个读书人，没有考中进士。"

小头目又问了杜甫的籍贯姓名等情况，看他衣衫破旧，老弱衰朽（这年杜甫才四十多岁，看上去却像五六十岁），不能留在兵营充军打仗，便把他撵出了营地。

杜甫回到了自己的住处，每天出去找这里的老朋友，想联合他们去灵武投奔唐肃宗，可战乱连年，人们飘游不定，这些老朋友也不知都逃到了何处。他打算一个人逃离长安，又发现京城的周围都被叛军密密麻麻地守卫着，只得暂时住了下来。

转眼春天便来了。这天杜甫终于有机会逃了出来，他望见战乱后的长安城残破不堪，四周都是荒芜的蒿草，听到的是鸟儿的悲鸣，更引起他的思乡之情，触景生情，写下了这首五言律诗《春望》。

首联："国破山河在，城春草木深。"写"春望"所见：国都沦陷，城池残破，虽然山河依旧，春色满城，但草木深深，无人修葺，一片荒败景象。一个"破"字写尽国破家恨的悲哀；一个"深"字再现荒无人迹的凄凉。

在"国破"与"山河在"、"城春"与"草木深"的对照中，充满了伤国感时的悲痛。

颔联："感时花溅泪，恨别鸟惊心。"写离乱之感。春天的花、鸟本是娱人之物，但想到国破的时事，家离的悲哀，花也为之"溅泪"，鸟也为之"惊心"，自己更加伤怀落泪了！这是触景生情，移情于花鸟，情景交融的悲痛欲绝的境界。

颈联："烽火连三月，家书抵万金。"写想望家人。自天宝十五年（公元 756 年）六月，杜甫带着妻子逃到鄜州（今陕西富县），寄居羌村到次年三月作此诗时，他离家已半年多，家书渺茫，音讯全无。所以，他慨叹在这烽烟不断的战乱时期，一封家信真是胜过"万金"啊！这联的"烽火"与首联的"国破"，"抵万金"与颔联的"恨别"相照应，层层深化悲愤之感。

尾联："白头搔更短，浑欲不胜簪。"具体写搔头忧思的惨戚之状。眼看烽火遍地，家书不通，忧国思家，重重愁绪袭上心头，愁生白发，一"搔"便断，发"短"愁长，简直要插不住簪子了！"国破"、"恨别"之忧思，更添一层！全诗忧伤国事，眷念家人，殷殷情切，真挚感人。

后来杜甫找到了大云经寺的和尚赞会，赞会给了他一套僧服穿在身上，领着他随人流混出了城外，这样，杜甫才得以脱身西行。

诗人的痛苦

登高

杜甫

风急天高猿啸哀，渚清沙白鸟飞回。①
无边落木萧萧下，不尽长江滚滚来。
万里悲秋常作客，百年多病独登台。②
艰难苦恨繁霜鬓，潦倒新停浊酒杯。③

注释

①猿啸哀：巫峡多猿，叫声凄厉。渚（zhǔ）：水泊中的小洲。②万里：远离故土。悲秋：悲叹秋之萧瑟，令人感伤。常作客：长期漂泊异乡。独登台：独自一人登高感怀。③繁霜鬓：头上及两鬓全是白发。潦倒：衰颓失意。新停：诗人本来嗜酒，此时因肺病而停饮。浊酒：劣酒。

译文注释

蓝天在凄紧的秋风中显得多么高远，猿声啸啸，在山中显得多么悲哀。洲边江水清清，白沙闪闪，群鸟在空中不停地盘旋。无边无际的树叶在秋风中纷纷落下，无穷无尽的长江波涛滚滚从远方涌来。我常在万里之外的异乡漂泊，到了秋天更加愁思满怀。一生中病魔缠身，今日我独自登上高台。可恨艰难的时世令我两鬓斑斑，穷愁潦倒中又不能再举酒杯。

背景故事

夜深人静，在一间破旧的茅屋中，有一位白发苍苍的老人躺在床上，听着屋外不时传来的凄厉的军号声，心情悲凉，难以入眠。他就是年过半百、贫病交加的杜甫。杜甫熬过了颠沛流离的战乱生活之后，携带家眷来到四川，住在成都浣花溪草堂，在剑南节度使严武处担任检校工部员外郎，世称"杜工部"。

杜甫是读书人，他身穿军服，很不自在，每天过着单调的军营生活，也不习惯，但是为了养家糊口，他只能勉强维持着。一天，传来了噩耗，他的好友严武突然故世了，他失声痛哭，悲哀至极。杜甫在成都失去了依靠，只好携带家眷，乘着小船，再次在长江上漂泊。

唐永泰元年（公元 765 年）五月，杜甫一家乘舟东下，向夔（kuí）州进发。这时杜甫已年老体弱，百病缠身。古代民俗在农历九月初九为登高节，大历二年（公元767年）的九月初九，病中的杜甫独自一人在夔州登高。他拄着手杖，拖着病体，慢慢地爬上山坡，气喘吁吁地来到峡口。阵阵大风吹来，他站立不稳，赶紧抓住身边的一棵小树。这时，远处悬崖上猿猴在跳跃，不时传来尖厉的哀鸣。他将视线由高处转向江水洲渚，在水清沙白的背景上，点缀着迎风飞翔、不停地回旋的鸟群。杜甫时而仰望茫无边际、萧萧而下的树叶，时而俯视奔流不息、滚滚而来的江水，不由想到自己沦落他乡、老病孤独的处境，从而生出无限悲愁。他坐在一块岩石上，喃喃地吟出了《登高》这首七律诗。

首联："风急天高猿啸哀，渚清沙白鸟飞回。"寥寥数语，便画出了登高望远所见的夔州地区独特的深秋风貌。"风急"再现了三峡地区山高峡陡风急之势，"天高"为秋高气爽之态，"猿啸哀"展现了三峡地区特色。接着，诗人的视线由高处转向长江水面，只见"渚清沙白"，群群水鸟迎风飞翔，不住回旋。这既是一幅精美的秋景，又透露了丝丝悲秋哀婉的意味。

颔联："无边落木萧萧下，不尽长江滚滚来。"诗人远望群山，无边无际的树丛，落叶飘飘，萧萧落下；俯视长江，奔流不息，滚滚而来。诗人抓着"落木"和"长江"两个意象，以"无边"、"不尽"加以修饰，使之气势雄浑，境界旷远。但"萧萧下"与"滚滚来"中也暗含时光易逝、壮志难酬的感怆。

颈联："万里悲秋常作客，百年多病独登台。"诗人由萧萧落木联想到自身，多少年来流落漂泊，奔波"万里"，"作客"他乡，如今年过半百，已到暮年，身体多病，且独自登高，这是多么孤独的境况。真是年老、多病、流落、孤独，集于一身，"悲秋"之感油然而生。

尾联："艰难苦恨繁霜鬓，潦倒新停浊酒杯。"诗人回顾一生，艰难苦恨，潦倒备尝，国难家仇，不离己怀，因而白发日多，加之因病戒酒，悲愁更难排遣。诗人忧国伤时的情怀，自然溢出。

诗人在这首诗中借重阳登高之际，把在夔州期间思国、念家、怀友、谋食的种种艰辛、愁苦齐集于笔下，回旋顿挫，沉郁悲凉。

杜甫的风雨漂泊路

旅夜书怀

杜甫

细草微风岸，危樯独夜舟。①
星垂平野阔，月涌大江流。②
名岂文章著，官应老病休。
飘飘何所似？天地一沙鸥。③

注释

①危樯（qiáng）：高高的桅杆。②星垂：群星低垂如挂，指星光灿烂。涌：腾跃。大江：长江。③沙鸥：水鸟。

译文注释

微风吹着岸边的小草，一只高高地竖起桅杆的小船孤独地夜泊在江边。万点星光映照空旷的原野，一轮明月流在浩荡的江中。我的名声难道是因为文章而显著？官位则是因为年老多病而罢休。四处飘零好像什么？在茫茫的天地间，如同一只孤零零的沙鸥。

背景故事

唐肃宗至德元年（公元 756 年）六月，安史叛军攻陷长安。其时身陷长安的杜甫听到唐肃宗在灵武即位的消息后，便冒着生命危险，逃出长安。这时候唐肃宗已进驻凤翔，杜甫历尽艰险去拜见唐肃宗，被任命为左拾遗。左拾遗是专门指出皇上过失和向皇上荐举人才的官，杜甫非常感谢皇上的器重，决心尽忠职守，为国家效力。就在这时，碰上了这样一件事：

当朝宰相房琯，起初很得肃宗皇帝的信任，后来因在用人问题上与肃宗有不同意见，再加上背后有小人挑拨，便和肃宗的关系日益疏远。房琯是个耿直的人，不愿在皇上面前受别人的奚落，于是请旨带兵收复西京，肃宗批准了他的要求，并让他自己挑选将官。房琯当时选了两个人，一个叫李楫，一个叫刘秩。这两个人均是白面书生，根本不懂军事，更不会带兵打仗，即无勇又无谋。战斗中这两人束手无策，再加上有几员大将投降了叛军，结果房琯大败而归。肃宗皇帝接到败报，十分恼火，要治房琯的罪，满朝文武除李泌外，无人敢替房琯申辩。

这时，杜甫不顾个人安危，毅然决然地向唐肃宗上疏，为房琯说情。他的这一举动，震惊了满朝官员，一时朝野议论纷纷。

谁知这却惹恼了肃宗皇帝，下诏三司审问杜甫，并把他从左拾遗降为华州司功参军，从此与长安永别。

事后，杜甫又到剑南节度使严武幕僚任职，不久辞职。严武去世后，杜甫率领全家离开成都草堂。在船经渝州（今重庆）、忠州（今忠县）途中，为了抒发自己漂泊生活中孤独凄凉的苦闷心情，通过旅途月夜的景色，挥笔写了这首感人至深的《旅夜书怀》诗。

这首诗的首联："细草微风岸，危樯独夜舟。"写船行大江之中所见的景色。白天，大江两岸，细草微风；夜间，船桅高耸，孤舟夜泊。细、微、危、独四字，将水陆两方面的景色包容起来。

颔联："星垂平野阔，月涌大江流。"再从岸上与江面挥笔写景。遥望天际（陆地），星垂如挂，星光灿烂，原野广阔，一望无际；俯视大江（江面），水流不息，波光荡漾，明月好像出没于大江之中。承接上联，将秋天雄浑壮阔的大江景色展现了出来，为下面的秋思"书怀"埋下伏笔。

颈联："名岂文章著，官应老病休。"说自己知名于世难道是因为文章好吗？诗人素有"致君尧舜上，再使风俗淳"的远大政治抱负，由于受压抑长期不能施展，而名声竟因文而著，这是诗人迫不得已之事。做官，因年老多病，便应该退休。这是反话，诗人的休官不是"老"、"病"，而是受排挤。这一联饱含愤慨之意！

尾联："飘飘何所似？天地一沙鸥。"说自己这种漂泊无依的生活像什么呢？就像天地间一只漂泊无定的水鸟。即景自况，以抒漂泊江流的感慨！这首诗既写旅途风情，更感伤自己年老多病，却仍然只能像沙鸥在天地间飘零。"名岂文章著"是反诘语气，也许在诗人的内心，自认为还有宏大的政治抱负未能施展。

士为知己者死的贤臣良相

蜀相

杜甫

蜀相祠堂何处寻？锦官城外柏森森。①

映阶碧草自春色，隔叶黄鹂空好音。

三顾频烦天下计，两朝开济老臣心。②

出师未捷身先死，长使英雄泪满襟。③

注释

①蜀相：指三国时蜀国丞相诸葛亮。锦官城：今四川成都，蜀汉故都，城外有锦江，故名。又说成都城的西南部，为古时主管织锦官的居所，故称锦官城。②三顾：指刘备三次拜访诸葛亮于草庐之中。频烦：屡次劳烦。两朝：指刘备（先主）、刘禅（后主）两朝。开济：开创大业，匡危济时。③出师：蜀汉刘禅建兴十二年（公元234年），诸葛亮率师伐魏，由斜谷出五丈原（今陕西郿县西南），不幸病死军中。英雄：指后代的仁人志士。

译文注释

到哪里去寻找诸葛丞相的祠堂呢？锦官城外的翠柏已茂密成林。武侯祠内绿草掩映着台阶，枉自呈现一派春色，黄莺不管人事变化，在树间徒然唱着歌声。先主曾三顾茅庐向你请教统一天下的大计，你辅佐两朝君主，开创蜀汉基业，扶持幼主治理社稷，竭尽了一代老臣的忠心。你出师中原大功未成却先死去，常使古今英雄深致感慨，泪下沾襟。

背景故事

唐肃宗上元元年（公元760年），杜甫寓居成都草堂。成都郊外有诸葛亮的祠庙。有一天，风和日丽，杜甫独自一人步出成都城外，走了一程路，路上见到一位老人，便走上前去问道："请问武侯祠还有多少路？"

那老人向前一指说："前面那座有许多茂密高大的柏树的院落就是武侯祠了。"

　　杜甫怀着兴奋的心情，加快步伐走到那里。武侯祠年久失修，游人稀少，虽然石阶旁碧绿的芳草，呈现着盎然的春色，藏在深密的树叶后面的黄鹂千啼百啭；那棵据说是诸葛亮种的柏树枝叶茂盛，蓊蓊郁郁，然而一丛丛的草色，一阵阵的莺声，更加显出这里的荒凉、寂寞。诗人徘徊在祠堂的庭庑间，遐想着诸葛亮的一生业绩：辅佐刘备联合孙权，北抗曹操，西取刘璋，开创基业；后又辅佐刘禅，屡次出兵伐魏，希望统一天下。诗人仿佛听到诸葛亮向后主刘禅披露自己的一片忠心："我本是一个普通的老百姓，在南阳地方耕种田地，只想在那动乱的年代勉强保全生命，没想过要在诸侯那里求什么名，得什么官，先皇帝（刘备）不因为我卑贱，三次亲自到我的草庐来访问，征询我对当时天下大事的意见，我万分感激，就答应为先皇帝出来奔走效劳。先皇帝在临终的时候，又把复兴汉朝的大事托付给我。自从接受遗诏以来，我日夜担忧慨叹，生怕不能把受托付的事情办好……"

　　这样想着，杜甫以深沉的感情吟出了这首《蜀相》诗。

　　诗中首联："蜀相祠堂何处寻？锦官城外柏森森。"诗人以自问自答的方式起兴，点出武侯祠所在地在锦官城外南郊之地，再以"柏森森"以状祠堂之蓊蓊郁郁。之所以选写"柏树"，相传为诸葛亮手植。这是写远望之景。

　　颔联："映阶碧草自春色，隔叶黄鹂空好音。"诗人来到祠堂，既不写文臣武将之塑像，也不写楹联之精美，仅突出"映阶碧草"和"隔叶黄鹂"两意象，意思是说诸葛亮已成古人，现在只有阶下的春草自绿，树丛中的黄鹂徒然发出好听的叫声。"自"与"空"写出了在明丽春光中的一片寂寞荒凉之感，深化了诗人对诸葛亮的仰慕和感物怀人之情。

　　颈联："三顾频烦天下计，两朝开济老臣心。"承接上联的慨叹，转入对诸葛亮功绩的追述。"三顾频烦"显刘备的礼贤下士；"天下计"见诸葛亮的雄才伟略。"天下计"即他在《隆中对》中设计的据荆州、益州，内修政理，外结孙吴，待机伐魏，统一天下。而"两朝开济"写出了诸葛亮呕心沥血，尽忠蜀国，鞠躬尽瘁的精神。

尾联："出师未捷身先死，长使英雄泪满襟。"诗人在唏嘘追怀之后，生发感想：像这样一位忠心报国的人竟大业未成就死掉了，以致使后代仁人志士感到惋惜、伤心流泪。杜甫早有"致君尧舜上"的匡世之心，但报国无门，故在诸葛亮祠堂前倍感痛惜。宋朝抗金英雄宗泽，临死时也背诵此二句，可见千载英雄，均有同感！

谪仙赋诗感叹怀才不遇

古风

李白

燕昭延郭隗，遂筑黄金台。

剧辛方赵至，邹衍复齐来。

奈何青云士，弃我如尘埃。

珠玉买歌笑，糟糠养贤才，

方知黄鹄举，千里独徘徊。

译文注释

战国时燕昭王欲以重礼招纳天下贤才。他请郭隗推荐，郭隗说：王如果要招贤，那就先从尊重我开始。天下贤才见到王对我很尊重，那么比我更好的贤才也会不远千里而来了。于是燕昭王立即修筑高台，置以黄金，大张旗鼓地恭敬郭隗。这样一来，果然奏效，著名游士剧辛刚刚来到燕国，邹衍等人也纷纷从各国涌来燕国。可是现在那些飞黄腾达的显贵们，早已把我们这些下层士人像尘埃一样弃置不顾。当今君主也是只管挥霍珠玉珍宝，追求声色淫靡，而听任天下贤才过着贫贱的生活。终于体验到田饶作"黄鹄举"的真意，也要离开不察贤才的庸主，去寻求实现壮志的前途。然而生活在大唐帝国之内，不可能像田饶那样选择君主。虽有田饶"黄鹄举"之意，却只能彷徨于茫茫的前途。

背景故事

据说李白的母亲梦见太白金星后生下他，所以取名太白，李白自幼天资聪颖，而且刻苦读书，年轻时他的诗文便为人们所称颂。他性情高傲，嗜酒如命，但诗才却很惊人，他自号青莲居士，人们称之李谪仙。一次他在湖州（今浙江境内）的一家酒楼饮酒，喝醉后旁若无人大声歌唱，引来不少围观者。湖州司马经过这里，寻着歌声来到了酒楼问道："酒后高歌的是何人？"李白不屑一顾地说出了自己的名字。

李白性情豪爽，诗才闻名天下，但他怀才不遇，不能为朝廷重用，因此感到烦恼，这种心情在他的这首诗中充分地表现出来。

战国时期，燕国遭到齐国侵袭，由于群臣和带兵的大将无能，屡战屡败。燕昭王决心以重礼招纳天下贤才。一天，他将唯一受到信任的大臣郭隗召来问："我想以重礼将天下贤明之士请到我身边来，为我出谋献策，使燕国无敌于天下。"

郭隗回答说："皇上所言极是。"

燕昭王又说："你能向我推荐几个贤才吗？"

郭隗思忖了一下说："可以，不过他们不一定能来！"

燕昭王不解地问："我以重礼招纳，他们为何不肯来？"

郭隗说："他们对陛下不了解，如果要招贤，那就先从尊重我开始。天下的贤才，见到国王对我很尊重，才肯不远千里而来。"

于是燕昭王便礼敬郭隗，消息传出，当时著名的游士剧辛、邹衍等人都从各国纷纷涌来燕国，燕国从此兴旺发达，作战中也多次获胜，成为当时名副其实的"战国七雄"之一。

诗的后几句，李白用了春秋时代田饶的故事，含蓄地抒发了他在这种处境下不尽的惆怅。田饶是位难得的贤才，但在鲁国长久未得到重用，他决心离开鲁国去寻求发展，于是他对鲁哀公说："臣将去君，黄鹄举矣！"

鲁哀公忙问："你说的是什么意思？"

田饶解释说："鸡忠心为主人效劳，但主人却天天想把它煮了吃掉，这是因为鸡天天都在主人身边，随时可得；而黄鹄一举千里，来到君主这里，吃君主的粮食，也不像鸡那样忠心效劳，而且还受到珍惜，这是因为黄鹄来自远方之故。所以我要离开君主，学黄鹄远走高飞去了。"

鲁哀公听罢，忙请田饶留下来，还表示把这些话记下来。

田饶却说："有臣不用，何书其言！"

田饶从此真的离开了鲁国投奔了燕国。燕王立他为相，他励精图治，治燕三年，国家太平兴旺，鲁哀公得知后追悔莫及。

大明宫惨遭浩劫

菩萨蛮

李晔（唐昭宗）

登楼遥望秦宫殿，茫茫只见双飞燕。

渭水一条流，千山与万丘。

远烟笼碧树，陌上行人去。

安得有英雄，迎归大内中。

译文注释

诗的大意是：在华州齐云楼遥望长安宫殿，一片雾茫茫的只见到双飞的燕子。渭水经长安流来，越过了千山与万丘，远处的树林被烟雾笼罩着，路上的行人来来去去。什么时候才能出现英雄，接我回到大明宫去。

背景故事

长安城里的大明宫，是在唐末的多次战乱中毁灭的。唐僖宗广明元年（公元880年）初，黄巢率领的农民起义军攻占了长安。据史书记载，长安城内皇宫、街道房屋都保护得完好无损；反而是唐王朝召集的各路军队在公元883年攻打黄巢进入长安时，大肆抢掠，纵火焚烧，城里的宫殿和民房被烧毁了大半，这是长安城的第一次浩劫。

第二次是唐僖宗光启元年（公元885年），专权的宦官田令孜与军阀王重荣、李克用等作战，田令孜战败，劫持僖宗逃出长安，临走时下令烧毁坊市和宫城。

　　唐昭宗时，唐王朝已极端衰落，乾宁二年（公元896年），军阀李茂贞攻入长安，唐昭宗逃到华州（今陕西华县），长安的宫室集市又一次被烧成灰烬。唐昭宗在华州郁郁不乐，经常登上城西的齐云楼远眺。第二年秋天，他写了一首《菩萨蛮》词。

　　昭宗皇帝怎么也没有想到，他很快被迫离开了这里，死在了遥远的他乡。

　　对长安城大明宫最后一次的彻底破坏是唐昭宗期间，黄巢农民起义军的叛徒朱温威逼昭宗迁都洛阳，并且命令长安居民按户籍迁居，拆毁长安城内全部残存的宫殿、官舍和民房，将木料由渭河运往洛阳。长安城内的平民百姓哭声震天，被驱赶的人在路上边走边骂："奸贼崔胤，招来朱温颠覆了国家，使我们今天遭受如此大的灾难，老天哪！你快睁开眼吧！"

　　经过朱温等叛军对长安大明宫这一次浩劫，当时世界上最大最繁华的城市变成了废墟。余下的残砖碎瓦无法向洛阳拆运，被城内留守的官员和居民拆去修房子了。

　　当时诗人韦庄，在长安被毁之后，曾写下了描述大明宫遭劫后荒凉的景象。

　　一千多年过去了，大明宫已由废墟变成了农田。可是，盛唐时代的那一段光辉历史和灿烂文化，充分反映了古代劳动人民的聪明智慧和卓越创造，永远留在人们的记忆中。

中国历史上的一场文化浩劫

焚书坑

章碣

竹帛烟销帝业虚，关河空锁祖龙居。
坑灰未冷山东乱，刘项原来不读书。

译文注释

烧过的竹帛浓烟刚散，秦王朝也很快垮台了，险关和黄河也保护不了秦朝都城，焚书坑的灰还未凉，山那边的农民揭竿而起，那农民起义的领袖刘邦和项羽原来都不是读书之人。

背景故事

秦始皇统一中国后，统一了文字和度量衡，确实做出过许多有利于历史发展的举措，但他也制定了许多残暴的愚昧政策，唐人章碣诗中就是写秦始皇"焚书坑儒"典型的高压手段和残暴的愚民政策。秦始皇三十四年（公元前213年），采纳丞相李斯的奏议，下令在全国范围内搜集焚毁儒家经典和百家之书，令下之后三十日不烧者，罚作筑城的苦役，造成中国历史上一场文化浩劫。

焚书坑据传是当年焚书的一个洞穴，旧址在今陕西省临潼区东南的骊山上。章碣到过那里，感慨之余便写了这首《焚书坑》诗。

诗一开始就接触主题。首句用略带夸张的语言揭示矛盾：竹帛化为灰烟消失了，秦始皇的帝业也就跟着灭亡了，好像当初在焚书坑里焚烧的就是他的嬴氏天下。"竹帛烟销"是实写，有形象可见。"竹帛"是古代写书的材料，这里指书。"帝业虚"是虚写。这种虚实相间的表现手法极富韵致。

次句就"帝业虚"之意深进一层，说是虽然有关河的险固，也保卫不住秦始皇在都城中的宫殿。"关河"主要指函谷关与黄河，当然也包括其他关隘、河流，如散关、萧关、泾河、渭河、崤山、华山等。诗以"关河空锁祖龙居"一句总括了整个秦末动乱以至秦朝灭亡的史实，言简意深；并且以形象示现，把"帝业虚"这个抽象的概念写得有情有景，带述带评，很有回味。"祖龙"指秦始皇。这里不用"始皇"而用"祖龙"，绝非单纯追求用典，而是出于表情达意的需要。秦始皇一心要做子孙万代诸"龙"之祖。而今江山易主，"祖龙"一词正话反用，又添新意，成了对秦始皇的绝妙讽刺，而且曲折有文采，合乎诗歌用语韵味。

第三句点题，进一步用历史事实对"焚书"一事做出评判。秦始皇和李斯等人把"书"看成是祸乱的根源，以为焚了书就可以消灾弭祸，从此天下太平。结果适得其反，秦王朝很快陷入风雨飘摇、朝不保夕的境地。"未冷"云云是夸张的言辞，旨在突出焚书行为的乖谬，实际上从焚书到陈胜吴广在大泽乡首举义旗，前后相隔整整四年时间。

末句抒发议论、感慨。山东之乱持续了一个时期，秦王朝最后亡于刘邦和项羽之手。这两人一个曾长期在市井中厮混，一个出身行伍，都不是读书人。可见"书"未必就是祸乱的根源，"焚书"也未必就是巩固"子孙帝王万世之业"的有效措施。说"刘项原来不读书"，而能灭亡"焚书"之秦，全句纯然是揶揄调侃的口吻，包含着极为辛辣的讽刺意味。从"竹帛"写起，又以"书"作结，首尾相接如环，显得圆转自然。

"焚书坑儒"后，秦始皇还不惜民力财力，大兴土木修筑宫殿，其中工程最大，耗费人力财力最多的就是豪华宏伟的建筑阿房宫。

秦始皇享尽了人间的荣华富贵，难怪他成了中国历史上第一个求长生不死的皇帝。他四处求仙寻求长生不老药，结果上当受骗，其中最有名的骗子就是方士徐福。

传说公元前 219 年，方士徐福上书秦始皇，谎称海中有三座大山，名叫蓬莱、方丈、瀛洲，山上有神仙居住，长有长生不老草。秦始皇居然相信此事，并要派人去海中求药，徐福这下惊慌失措，怕秦始皇派自己去，于是谎说海中有鲛鱼作怪，船无法行走。始皇下令派一批弓箭手前去射鲛鱼，射手们在山东一带真的射死一条大鱼，秦始皇更深信不疑。徐福见实在无法推辞，便准备了船队，载了童男童女各 3000 人，装了许多淡水和食品向东海进发。但东海哪里有什么蓬莱山，更没有什么长生不老草，他们再也没有回来。

秦始皇的残暴统治和愚昧无知注定了他的最终灭亡。

公元前 210 年，他东游巡视，当时的项羽见大队人马不可一世的场面，愤愤地说："总有一天我要取而代之！"

他的叔叔项梁忙堵住他的嘴，且吓得一身冷汗："若是被皇上听见了，是要被灭族的。"

刘邦也曾目睹秦始皇东游巡视，也说过："大丈夫就应如此，总有一天我也会同他一样。"

果然很快爆发了秦末农民战争，最后项羽同刘邦争夺天下，秦王朝在疾风暴雨中被彻底摧垮了。

道不尽的忧愁

秋浦歌十七首（其十五）

李白

白发三千丈，缘愁似千长？

不知明镜里，何处得秋霜！

译文注释

花白的头发有三千丈那样长，但心里的忧愁就像这银色的头发。看看镜子里面，真不知道什么时候已经是冀染秋霜。

背景故事

秋浦，现今的安徽省贵池区西郊，是当时唐代银和铜的主要产地之一。

诗人李白在公元753年到南陵（今在安徽）一带漫游。

南陵的西面有个风景优美的秋浦湖。湖边是山峦叠起，山路曲折的群峰。在茂林深处是座山民村庄。群鸟在蓝天上展翅翱翔，俯瞰下面碧波荡漾的湖面，水边上小船悠悠，伴随姑娘们的歌声漫漫飘游。

由于这里盛产矿石，官吏们在这附近山村招来了许多民工采矿炼铜，并在秋浦湖边架起了不少高炉。炭火日日夜夜把湖面映得一片红光。

这天晚上，月朗星稀，52岁的李白随朋友们来到炼炉前，观看民工们冶炼。

炉火熊熊燃烧，红星四溅，映照着天空和大地。四周弥漫着一团团紫色的烟云，同远处黑夜相映，景色十分壮观。那些炼铜的劳工们，一个个被炉火烤得满脸通红，他们身体健壮，挥动着有力的双臂在紧张劳动。他们一边劳动，一边唱歌，高昂激荡，粗犷奔放，震颤夜空，荡起了湖上的层层涟漪。

李白在秋浦观赏景色，体验劳动人民的生活，可见他老当益壮，壮志未酬，他多么想回到年轻时，实现远大的抱负，可岁月无情流逝，而长时间积郁在他心里的痛苦始终没有消退。

前一年，李白在幽燕地区看到了安禄山在那里招兵买马，造兵器囤军粮，感到国难临头。他又想到了宫廷里皇帝寻欢作乐，饱食终日，不关心国家大事，不问百姓疾苦，那些忠心耿耿，报效国家的忠良备受排挤，一个个被贬在外不能为国分忧。他今日也已年过半百，事业上却无所成就，至今还身居在外，这怎能不令人百感交集？于是，李白写了《秋浦歌十七首（之十五）》，来寄托哀愁。

诗人一开始，就用夸张的手法，如惊空霹雷，似大海奔涌、火山爆发地写下了诗的开端，使多年的忧郁一吐为快，塑造了"自我"的形象，发挥了强烈感人的艺术力量。

"白发三千丈，缘愁似个长？"劈空而来，骇人心目。单看"白发三千丈"一句，真叫人无法理解，白发怎么能有"三千丈"呢？读到下句"缘愁似个长"，豁然明白，原来"三千丈"的白发是因愁而生，因愁而长！愁生白发，人所共晓，而长达三千丈，该有多少深重的愁思？十个字的千钧重量落在一个"愁"字上。以此写愁，匪夷所思！奇想出奇句，不能不使人惊叹诗人的气魄和笔力，人们不但不会因"三千丈"的无理而责怪诗人，相反会由衷赞赏这出乎常情而又入于人心的奇句，而且感到诗人的长叹疾呼实堪同情。

人能够看到自己头上生了白发以及白发的长短，是因为照镜。首二句暗藏照镜，三四句就明白写出："不知明镜里，何处得秋霜！"

秋霜色白，以代指白发，似重复又非重复，它并具忧伤憔悴的感情色彩，不是白发的"白"字所能兼的。上句的"不知"，不是真不知，不是因"不知"

而发出"何处"之问，而是愤激语，痛切语。诗眼就在下句的一个"得"字上。如此浓愁，从何而"得"？"得"字直贯到诗人半生中所受到的排挤压抑；所志不遂，因此而愁生白发，鬓染秋霜，亲历亲感，何由不知！写这首诗时，他已经五十多岁了，壮志未酬，人已衰老，怎能不倍加痛苦！所以揽镜自照，触目惊心，发出"白发三千丈"的孤吟，使天下后世识其悲愤，并以此奇想奇句流传千古，可谓善作不平鸣者了。

末世良臣的悲苦

故都①

韩偓

故都遥想草萋萋，上帝深疑亦自迷。
塞雁已侵池篆宿②，宫鸦犹恋女墙啼③。
天涯烈士空垂涕④，地下强魂必噬脐⑤。
掩鼻计成终不觉⑥，冯谖无路学鸣鸡⑦。

注释

①故都：指长安。朱温于天祐元年（公元904年）迫昭宗迁都洛阳。朱温是黄巢起义军中的叛徒，以屠杀百姓起家。天祐四年篡大唐江山自立，国号梁。②池篆：池周插竹条，用绳结网。③女墙：宫墙上的墙垛。④天涯烈士：指作者自己，他被朱温排挤出京都，唐亡时流寓福建，故自称天涯烈士。

烈士：古代对义烈之士的通称，不论存亡。⑤"地下"句：光化三年（公元900年），宰相崔胤为铲除宦官，召朱温率兵自大梁入长安，自此大权落入朱温之手，崔胤及忠于唐室者多被杀。地下强魂，即指崔胤等被害者。噬脐：以人不能咬到自己的肚脐比喻追悔不及。⑥"掩鼻"句：谓朱温篡唐之计已成，而人们终未觉察。⑦"冯谖"句：恨叹自己远在天涯，无法使昭宗脱险。

译文注释

在长安城中举目远望，四周长满了茂密的野草，连上帝看见这凄凉的景象也会感到迷惘而不能自信。池籞为宫内池塘上用竹子和细绳织成的网罩，现在因无人管已经坏了；野雁已钻进池籞内住宿，只有乌鸦还站在宫殿的矮墙上啼叫。不愿屈服的人们空流着眼泪，在地下当枉死鬼的英雄真是追悔莫及啊！朱温篡唐的计划将完成，唐政权不知不觉全落在他手中，我对唐昭宗虽然有像冯谖一样的忠心，可不在皇帝身边，没有什么奇计使他能逃脱朱温的毒手。

背景故事

韩偓（公元844年—923年）字致尧，小名冬郎，京兆万年人。唐昭宗龙纪元年进士。历任翰林学士、兵部侍郎。朱温窃权，他不肯依附，受到排挤而贬官，后避乱入闽中，依王审知而终。他十岁为诗，受到姨父李商隐的赏识。其诗歌受李商隐影响甚深。早年受知于唐昭宗，写宫苑游宴诗较多。后值动乱，并被外贬，也写过一些感时伤乱之作。著作《翰林集》,《新唐书》卷一百八十三有传。

唐昭宗龙纪年间，手握重兵的朱温想当皇帝，便开始驱逐昭宗身边的亲信，因此韩偓被贬为邓州（今河南邓县）为司马，唐昭宗又被朱温迁到洛阳。韩偓眼看着唐朝要灭亡，可只能看着而毫无办法。在这种心情下，他写下意境悲凉、回忆过去、追悔莫及的诗篇《故都》。

　　天复元年（公元 901 年），宰相崔胤为了除掉专政的宦官，将朱温军队召进长安，从此大权落入朱温手中，天祐元年（公元 904 年），朱温杀崔胤并拆毁长安，劫昭宗去洛阳。最后两句中"掩鼻计成"指这样一个故事：战国时魏王送给楚怀王一个美女，极受怀王宠爱。怀王另一妃子郑袖想出一计，她告诉美女说："国王非常爱你，但讨厌你的鼻子，你见国王时最好将鼻子遮住，这样国王就会永远喜欢你了。"美女信以为真，照她的话去做。楚王见美女掩鼻很奇怪，去问郑袖，郑告诉他说："她因为讨厌你身上的臭味，所以才将鼻子遮住。"楚王一听大怒，下令割去美人的鼻子。郑袖从此一人独占楚王后宫。

　　此处掩鼻计成指朱温灭唐计划已经完成。冯谖为战国时孟尝君的门客，鸡鸣指孟尝君在秦国受困，逃回齐国，半夜至函谷关。按照规定，鸡鸣始开关门，孟尝君门客冯骧学鸡叫，附近的鸡也跟着叫，孟尝君才得以半夜出关，未被秦兵追及。最后两句诗意是：朱温篡唐的计划将完成，唐政权不知不觉全落在他手中，我对唐昭宗虽然有像冯谖那样的忠心，可不在皇帝身边，没有什么奇计使他能逃脱朱温的毒手。

　　唐昭宗被劫迁到洛阳不久，即被朱温派人杀死，另立李木兄为帝。名为唐哀帝。公元 907 年，朱温强迫唐哀帝禅位给他，改国号为大梁，唐朝灭亡了。

第九辑

杂咏篇

　　"玉桃偷得怜方朔，金屋修成贮阿娇"，诗人借用神话故事和历史典故，浮想联翩，穿越时空，写下怀古咏史诗。"冲天香阵透长安，满城尽带黄金甲"，诗人赏景观物，思绪涌动，付诸笔端，于是写下托物言志的诗。诗人的创作动机不同，写出的诗歌题材不同，凡此种种，不一而足，现选取几首，暂且名之为杂咏篇。

诗中藏典故

茂陵

李商隐

汉家天马出蒲梢，苜蓿榴花遍近郊。

内苑只知含凤嘴，属车无复插鸡翘。

玉桃偷得怜方朔，金屋修成贮阿娇。

谁料苏卿老归国，茂陵松柏雨萧萧。

译文注释

　　汉武帝得到了蒲梢千里马，又将从西域传来的苜蓿和石榴种满了近郊。他在内苑射猎，用凤嘴胶粘好了折断的弓箭，断弦可以粘好，但皇帝的生命却不能延长，再也看不到他的插着鸾旗的车到处游历了。他信奉神仙，喜欢偷过王母仙桃的东方朔，他又喜欢美女，修成金屋藏住陈阿娇。谁知苏武年老回到国内的时候，汉武帝已经死了，他所能听到的只是茂陵松柏被雨水滴打的萧萧声。

背景故事

　　这首诗中涉及以下几个故事。

汉朝兴盛时期，西域的大宛国扰乱汉朝边疆，于是汉武帝派大将军李广利率兵征伐大宛国。在征伐中缴获了一匹千里马，取名叫蒲梢，但这匹良马只吃苜蓿，汉武帝便下令在京城大量种植苜蓿，又在京城近郊种了许多从西域传来的葡萄、石榴等，这些都是唐朝没有的，远远望去，长安近郊一片葱茏。

诗中的"内苑只知含凤嘴"一句，讲的是汉武帝在内苑华林园射猎，突然弓弦断了，他很扫兴，西域使者拿出一个装有液体的小盒子，把盒内的液体涂在弓弦上，很快便粘上了，武帝接过弓试了试，粘得很牢固，便问："这是什么东西？"

西域使者答道："这是一种用凤嘴和麟角合煎特制配成的湿胶。"

诗中称之为"含凤嘴"，古称"连金泥"。

"玉桃偷得怜方朔"则是一个神话故事。传说有谁吃了蟠桃就可以长生不老，可王母娘娘对蟠桃却十分吝惜，是不会轻易给人的。

东方朔是武帝的一名大臣，他有随机应变的能力和诙谐幽默的语言，并经常巧妙地劝谏汉武帝，武帝很欣赏他。

传说中东方朔是个下凡的仙人。有一次，王母娘娘给玉帝仙桃吃，东方朔躲在一边偷偷地看，这哪能逃过王母娘娘的神眼，她告诫东方朔："你曾三次来我这儿偷桃，我都饶恕了你，下次我定不客气！"东方朔只好知趣地走开。

"金屋修成贮阿娇"一句诗讲的则是一个真实的故事，说的是汉武帝和陈阿娇的事。

汉武帝很小的时候便看中了姑母长公主的女儿陈阿娇。当时他就声称一定要娶陈阿娇，而且要修一座华丽的金屋供阿娇居住。他称帝后果真娶了陈阿娇为妻，修了一座金屋。陈阿娇做皇后受宠十余载，后被打入冷宫。

杨贵妃的七绝诗

赠张云容舞

杨玉环

罗袖动香香不已，红蕖袅袅秋烟里。

轻云岭上乍摇风，嫩柳池边初拂水。

译文注释

诗意是：绫罗的衣袖舞动香风阵阵，好像艳红的荷花在秋日的轻烟中微微地摆动，岭上乍起的风吹拂着白云，池边嫩绿的柳丝拂着平静的水面，这一切，也不如她舞姿的美妙啊！

背景故事

杨贵妃这一首《赠张云容舞》七绝诗，内容是赞美她的侍女张云容跳霓裳羽衣舞时的优美舞姿。

当时唐玄宗求长生不老，所以特别喜欢长生术，并经常与申天师谈道，张云容便有时机在一旁窃听，时间长了便认识了申天师。一天，她向天师叩头求长生药。天师给她一粒绛雪丹，并且对她说："姑娘将来死后，需要一具大棺材，嘴里含着这粒绛雪丹，这样可以使你的身体永远不会变坏。一百年之后，你会遇到一年轻人，他会同你结为夫妇，白头到老，你也能就地成仙。"

张云容后来死在连昌宫，嘴里含着那粒绛雪丹葬在连昌宫附近。

到了唐宪宗元和末年，平陆县尉薛昭因为私放一个为母复仇而杀人的犯人，被流放到海东。启程时，有个叫田山叟的老朋友一定要陪他走一程。到了三方驿（位于河南宜阳南，距连昌宫不远）时，山叟送薛昭一粒药，说吃后可防止疾病，还可不吃饮食，并告诉他逃往北边的茂密树林，这样不仅可躲避灾难，还能得到美满姻缘。

按照田山叟的指点，薛昭在逃跑的路上躲进了当时已经荒凉废弃的连昌宫，藏在一座殿堂里。到了晚上，月明风清，殿堂的大门轻轻地打开了。这时，有三位美丽的姑娘走进了院子，摆酒谈天。其中一位姑娘说："吉利吉利，好人相逢，恶人相避。"

另一位姑娘说："良宵宴会，虽有好人，岂易逢耶？"

薛昭隔着窗缝看到这一切，又想起田山叟的话，就大胆地跳出来说："好人不难相逢呀！我就是好人！"

三位姑娘吓了一跳，忙问他是谁，薛昭说出了自己的身份，为何到这里来。姑娘们作了自我介绍。其中年龄最大的姑娘叫张云容，另外两个姑娘是肖凤台和刘兰翘，肖和刘也是宫女，因为唐太宗的第九个女儿嫉妒她们的漂亮，用毒酒将她们毒死，死后也葬在这里。薛昭与张云容共度良宵之后，张云容复活，与薛昭结为夫妻。

满城尽带黄金甲

不第后赋菊

黄巢

待到秋来九月八，①我花开后百花杀。②

冲天香阵③透长安，满城尽带黄金甲。④

注释

①九月八：古代九月九日为重阳节，有登高赏菊的风俗。说"九月八"是为了押韵。②杀：凋谢。③香阵：阵阵香气。④黄金甲：金黄色的铠甲，此指菊花的颜色。

译文注释

待到九月九重阳节，菊花盛开的时候，百花已凋零，浓烈的菊香弥漫长安，满城都像是身穿黄金甲的菊花。

背景故事

黄巢，唐末农民起义领袖，曹州冤句（今山东菏泽）人。举进士不第。公元 875 年，因连年大旱，百姓遭遇饥荒，黄巢率领数千人在曹州起义。881 年攻破唐朝京都长安，建立农民政权，国号大齐。但由于没有建立较稳固的根据地和未乘胜追歼残余势力，使敌人得以反扑。后被迫撤出长安，转战山东，884 年在泰山狼虎谷战败自杀。

黄巢在很小的时候就是个非常活泼聪明的孩子。一年秋天，他的祖父正对着缤纷的菊花仔细观赏，嘴里念念有词，可是许久也成不了完整的诗句。这时，站在旁边的五岁孩童忍不住脱口念了两句诗："堪与百花为总首，自然天赐赭（zhě）黄衣。"老人扭头一看，是孙子黄巢，不禁喜上眉梢，连连称好。黄巢的祖父高兴地说，"我家姓黄，他赞美黄菊花能当百花的领袖，真是人小志气大啊！"黄巢的父亲听后，慌忙去堵儿子的嘴还骂道："小子再胡说八道，小心杀头！"

黄巢很是不服:"我不过是把菊花说成为百花的首领,因为老天赐给它穿赭黄色的衣服,有什么不对?"

然而他小小年纪,哪里知道避忌,那"赭黄色"只有皇帝才能穿,这要传出去会惹下弥天大祸。

这一来联句停了下来,爷爷忙圆场说:"还是罚孩子做首诗吧,就以眼前的菊花景色起句。"这建议得到大家的赞同,小黄巢站起来,吟出四句诗:

题菊花

这首诗的大意是:在这秋风飒飒的院中栽满了菊花,蝴蝶早已随着夏日离去了,哪能来欣赏这寒蕊冷香。如果我有一天当上了管治春季的青帝,定要让菊花和桃花同时开放。

祖父听了,笑得合不拢嘴,说:"想象太丰富啦,让菊花跟桃花同在春天开放,不同凡响,妙极了!"伫立一旁的父亲,脸上也露出赞许的笑容。

从小聪明过人的黄巢长大后,考进士反而落第了。他并没有垂头丧气,当晚写了这首著名的赋菊诗。

中国自古以来就有重阳节(九月九)赏菊的风俗,相沿既远,这一天也无形中成了菊花节。这首菊花诗,其实并非泛咏菊花,而是遥庆菊花节。为什么不用"九月九"而说"九月八"呢?是为了与后面的"杀"、"甲"字押韵。一个"待"字是充满热情的期待,是热烈的向往。"待"到那一天会怎么样呢?作者以石破天惊的奇句——"我花开后百花杀"接应上句。菊花开时百花已凋零,这本是自然规律,也是人们习以为常的自然现象。这里特意将菊花之"开"与百花之"杀"(凋零)并列在一起,构成鲜明对照,以显示其间的必然联系。作者亲切地称菊花为"我花",显然是把它作为广大被压迫人民的象征,那么,与之相对的"百花"自然是喻指反动腐朽的封建统治集团了。"冲天香阵透长安,满城尽带黄金甲。"整个长安城,都开满了带着黄金盔甲的菊花。它们散发出的阵阵浓郁香气,直冲云天,浸透全城。想象的奇特，设喻的新颖，辞采的壮伟，意境的瑰丽，都可谓前无古人。菊花，在封建文人笔下，最多不过把它作为劲节的化身，赞美其傲霜的品格；这里却赋予它战士的风貌与性格，把黄色的花瓣设想成战士的盔甲，使它从幽人高士之花成为最新最美的战士之花，正因为这样，作者笔下的菊花也就一变过去那种幽独淡雅的静态美，显现出一种豪迈粗犷、充满战斗气息的动态美。它既非"孤标"，也不止"丛菊"，而是花开满城，占尽秋光，散发出阵阵浓郁的战斗芳香，所以用"香阵"来形容。"冲"、"透"二字，分别写出其气势之盛与浸染之深，生动地展示出农民起义军攻占长安，主宰一切的胜利前景。

由此可见，"满城尽带黄金甲"说的就是，在菊花盛开的秋季，总会有一天带着黄金盔甲的农民起义军，遍布整个长安城。从这句一语双关的诗句中，可以看出黄巢的内心，已经孕育了推翻唐王朝的反抗意识。显示出作者天翻地覆、扭转乾坤的壮志胸怀，不愧是揭竿而起的千古豪杰。

陈子昂摔琴一日成名

登幽州台歌①

陈子昂

前不见古人，后不见来者。
念天地之悠悠，独怆然而涕下。②

注释

①幽州：古九州之一，今河北省地。幽州台又称蓟北楼，属古燕国国都，故址在今北京市西南。②悠悠：长久，遥远。怆（chuàng）然：悲伤的样子。

译文注释

前面见不到古代那些贤明国君，后来的贤明之士也来不及见到，真是生不逢时。天地是那样的辽阔，时间在不断流逝。自己怎样才能不虚度此生来报效国家呢？这不能不让人悲伤落泪。

背景故事

陈子昂（公元661—702年），字伯玉，梓州射洪（今四川射洪）人。唐睿宗文明元年（公元684年）举进士，为武则天所赏识，官拜麟台正字，后为右拾遗。敢于直谏。曾随武攸宜东征契丹。圣历初年辞官还乡，被贪婪残暴的县令段简诬陷，忧愤死于狱中，时年四十二岁。陈子昂在诗歌创作上力倡汉魏风骨，主张诗歌要反映现实生活，要有真情实感，反对齐梁"逶迤颓靡"的形式主义诗风，并创作出许多有影响的优秀作品，为唐诗的发展开拓了新的道路。

唐高宗末年，出身豪贵的陈子昂从梓州射洪（今四川）来到京都长安参加进士考试。

唐代的进士考试，卷子不密封，考官除了看考生的卷子外还要看他的名气，更重要的是看是否有达官贵人的推荐。因此，参加进士考试首先要在长安出名，使自己的诗文让一些有名望的人知道。

一天，长安城来了一个西域商人，手里拿着一把胡琴，价格非常昂贵，周围站了许多人，不知道这把琴为什么这样贵，到底贵在哪儿？第二天，这个商人又站到了街头，围观的人越来越多，都想知道这昂贵的胡琴到底能奏出多美的乐曲来。

这时，在这里连续观看了 3 两天的陈子昂走上前来将琴买下了，并当众宣布：明天在这里演奏绝妙的乐曲，请歌女唱著名诗人的文章，望大家回去相互转告。

第二天，果真有上百人在此等候，也有不少长安有名的诗人。陈子昂站到了高处的台阶，高声喊道："我是蜀人陈子昂，善于写诗文，现在有一百多篇了，可是在长安却没有人知道。今天请各位来是听我演奏的，可一把乐工用的胡琴怎么可以卖价这样贵？他是为了挣钱，这把琴也同其他的一样，没有什么特殊的。"

他说完将手中的胡琴用力一摔，琴变成了碎物，他又忙将自己的诗文分发给大家。

由于他的诗的确写得很好，这样，一天内他的名字传遍了长安城。在他 24 岁那年，考中了进士。

陈子昂从小爱慕豪杰侠客，他的为人也是这样。他考中进士后当了个小官。他提出了许多合理的建议，陈述时弊，却不被朝廷采纳，还受排挤。

公元 696 年，契丹攻陷了营州，陈子昂奉命随军出征，带兵的将领是个草包，连打了几次败仗，国情十分紧急。这时陈子昂多次提出好的建议，又请求率兵冲锋，将领误以为他要带兵造反，谋夺他的权位，不但没有听他的建议，反而还把他给降职了。

陈子昂受到了打击，心情非常沉重，眼看着报国的良策难以实现。这天他登上军营附近的幽州台，忽然记起了战国时曾在这里广招天下贤士的燕昭王，他满腔悲愤，慷慨激昂，写下了这首传诵古今的《登幽州台歌》。

当诗人站在幽州台上，极目广袤的北方平原，天高地阔，他心里想的应该不只是一己的命运和得失了。"前不见古人，后不见来者。"开篇横空出世，一语惊人。

　　纵览古今，在地球上出现过多少生命，哪一个不是仅仅生活在此时此刻的"现在"？即使在同一个时代，心灵与心灵的鸿沟也无法逾越，茫茫人海，知音难觅，能赏识、理解诗人的人已"前去"，还"未来"。两个"不见"，包含了万千思绪，有生不逢时、怀才不遇的愤慨，有壮志难酬的孤独寂寞，有对宇宙人生的深沉思索，只有天地是永恒的，只有自然是永恒的，我们都不过只是匆匆过客。诗人登楼眺望，想到人生短暂，古人早已面目全非，而天地依然邈远，那种人类个体置身于历史长河的孤独，那种无人沟通的灵魂的孤独，使诗人悲从心生，不由得潸然泪下。

　　三、四两句承接前文，借景抒情，直抒物是人非的孤独凄凉与郁郁不得志的伤感。

狂妄自大的诗圣祖父

和晋陵陆丞早春游望①

杜审言

独有宦游人，偏惊物候新。②
云霞出海曙，梅柳渡江春。
淑气催黄鸟，晴光转绿蘋。③
忽闻歌古调，归思欲沾巾。

注释

①和（hè）：和诗。是依照别人诗的意思或韵脚作诗。晋陵：即今江苏常州。陆丞：当时任晋陵县丞，名不详。《早春游望》，是陆丞的原作。②偏惊：特别惊心。物候：因季节气候变化而呈现的自然景象。③淑气：和暖的气候。转：使草的绿色愈来愈浓。转，催转。蘋，水草。茎柔软细长，上生四片小叶。④古调：指陆丞的原作《早春游望》，赞扬其诗的格调近于古人。

译文注释

只有远游四方以求仕宦的人，对季节气候变化而产生的全新的自然景象感到格外惊心。海边清晨的云霞辉映成彩，梅柳枝头的春色渐渐从江南渡到江北。和暖的气候催使黄鸟早鸣，晴暖的阳光使蘋草的绿色愈来愈浓。忽然听闻你唱起高雅的古调，引起我对故乡的思念，不禁泪下沾巾。

背景故事

杜审言（约公元 645 年—708 年），字必简，巩县（今河南巩县）人。高宗咸亨元年进士，官洛阳丞，后因事贬吉州（今江西吉安县）司户参军，不久免归。武则天时召见，授著作郎，迁户部员外郎。中宗继位，因与武则天宠臣张易之有交往，远流峰州。不久又起用为国子监主簿、修文馆直学士。杜审言青年时期与李峤、崔融、苏味道共称为"文章四友"。他为人狂放，常以文章自负。他的诗以五律著称，格律谨严，技巧纯熟，是唐代"今体诗"的奠基人之一。他是杜甫的祖父，杜甫的律诗在某些方面受到他的影响。

杜审言年轻时与李峤、崔融、苏味道齐名，号称"文章四友"。

他在唐高宗咸亨元年（公元 670 年）中进士，仕途失意，一直充任县丞、县尉之类的小官。到了永昌元年，诗名大震，但官还是那么大，他心里很不高兴。

江南早春时节，他和朋友们游览风景，本是赏心乐事，他却赏心而不乐，于是写下了这首《和晋陵陆丞早春游望》的五言律诗。

此诗因春游而生情，感慨自己宦游他乡的不幸和失意。作者开头两句以"独"和"偏"开头，语气强烈地说出了宦游人由于客居异乡，对气候和景物的变化特别敏感这样一个事实和感叹。同时，用"宦游人"这个词将作者与陆丞统一到同一个情境里。

"云霞出海曙，梅柳渡江春"。这两句里，"出"字将云霞升腾的过程写了出来，"渡"字将"梅柳"拟人化，都是生动的笔墨。这两句是说早晨从海上升起了一轮红日，使海面上形成了璀璨辉煌的朝霞；春风吹来，江南江北杨柳都穿上了新妆。

"淑气催黄鸟，晴光转"中的"催"字和"转"字好像是在说，春日和暖的气候来了，似乎在催着黄鹂婉转地鸣叫；晴朗的日光似乎使蘋草的颜色转得更加嫩绿。三、四，五、六这四句是承着第一、二句写"物候"之"新"的。"云霞"、"梅柳"、"黄鸟"、"蘋"为"物"，"淑气"、"晴光"为"候"，前后衔接和呼应得很好。这两联给人的感觉似乎只在写春光的明媚可人。其实，最后两句诗不仅呼应了第一、二句，而且使中间两联描写的用意也显示出来了。所谓"忽闻歌古调，归思欲沾巾"，既呼应了前面"宦游人"的"独"与"偏"，也显示了中间两联所写的大好春光正是"宦游人"不幸遭遇中的反衬。春光是美好的，但对处于不幸遭遇中的人来说却是一个讽刺。

杜审言的诗在"文章四友"中是最出色的，尤其是五言律诗格律谨严，当代称著，但他非常自负，甚至有些狂妄自大。

有一天，他刚刚编好一集诗文，便哈哈大笑起来。

下官问他："先生为何发笑？"

他回答说："这下苏味道一定要死的。"

下官一惊，忙问："先生怎么知道？"

杜审言指着那集诗文说："他看到我这本诗集，还不羞死吗？"

接着，杜审言站起来，昂起头，用手捋着长须高傲地说："我的诗文，我的书法，应让屈原和王羲之前来膜拜！"

这只是他自夸而已，尽管他的诗书很有艺术特色，也不可能同大诗人屈原、大书法家王羲之媲美。他临死前也没有改了高傲自大的坏毛病。据说，他临死前对去看望他的大诗人宋之问说："我活着时，我的诗文压得你们抬不起头，但我要死了，你们可以抬起头轻松一下了，可还是没有来继承我的人。"

雪夜中的追逐

塞下曲四首（之三）
卢纶

月黑雁飞高，单于夜遁逃。①
欲将轻骑逐，大雪满弓刀。②

注释

①月黑：没有月亮的夜晚。单于：匈奴对最高统治者的称呼。遁：逃。
②欲：就要。将：带领。轻骑：轻装快速的骑兵部队。逐：追逐。

译文注释

暗夜里大雁飞得高高的，单于趁着夜色在遁逃。将军就要带领轻骑兵去追击，大雪落满了他们的弓刀。

背景故事

卢纶在唐朝"大历十才子"中诗歌成就最高。当初，他考进士不中，由于宰相元载的器重和推荐，才逐渐升迁为监察御史。后来，因事托病辞职，回到河中（今山西省永济市）。当时，浑瑊是河中元帅，便请他做帅府判官。在任职期间，卢纶常亲临战场，观察敌情，指挥作战。有一天，在追击敌人的战场上，他看到敌人连夜退却，连鸿雁也受惊而高高飞起。这时，趁着夜幕掩护，敌人的首领已偷偷地逃走了。此刻，月黑无光，将军勇敢无畏，沉着应战。在将军的号令下，战士们整装待发。在漫天大雪中追击残敌，因雪太大，连弓和刀上也都落满了大雪。

诗人卢纶，从战场上回到官府，把他看到的戍边轻骑雪夜追击溃敌的情景，写成了感情充沛、气势不凡的《塞下曲》。

此为组诗的第三首，刻画了将士不畏艰苦，勇赴疆场的场面。卢纶虽为中唐诗人，其边塞诗却依旧是盛唐气象，雄壮豪放，字里行间充满着英雄气概，读后令人振奋。

一、二句"月黑雁飞高，单于夜遁逃"，写敌军的溃退。诗人用先果后因的手法，写出了边地寒夜的肃杀清冷。欲雪的天空彤云密布，遮蔽了月光，一行大雁不知受到什么惊扰，急急地飞过夜空。一个"雁"字，既点出季节，同时又让人想到这沉沉夜幕下可能隐藏着什么诡秘。是谁惊起原已安栖的雁群？原来是敌人趁着这样一个漆黑的寂静的夜晚，悄悄地逃跑了。

尽管有夜色掩护，敌人的行动还是被我军发现了。三、四句"欲将轻骑逐，大雪满弓刀"，写我军准备追击的情形，表现了将士们威武的气概。一支骑兵整队欲出，夜里行军，不辨人马，唯可见弓刀寒光闪闪，大雪被风刮得漫天飞舞，沾满了兵器。这是一个多么紧张而又扣人心弦的场面！诗人略去其他场面不写，专写"满弓刀"这一点，既切事理，又照应了首句，表明"月黑"是因天在酿雪。

这首诗写克敌制胜的豪情，却不对战斗作正面描绘，只写了雪夜闻警、准备出击的场面。

诗人用一两个短镜头，把自己所要颂赞的边军将士豪迈、勇敢刻画了出来，收到了言尽而意未尽的效果。

卢纶写完这首诗的若干年后，有一天，唐德宗忽然想起他，问左右人，卢纶在哪里？左右人回答说："卢纶跟从浑瑊在河中。"德宗便下诏叫卢纶进京，恰好这时卢纶死了，德宗便叹息了很久。卢纶死后二十多年，唐文宗也很爱读他的诗，问宰相："卢纶死后，留下多少诗作？有没有儿子？"宰相回答说："卢纶有四个儿子，都是进士，在朝中任职。"唐文宗就派人到卢纶家中访求遗稿，得诗五百首。

得罪权贵，李白朝中受挫

清平调①

李白

云想衣裳花想容，春风拂槛露华浓。②

若非群玉山头见，会向瑶台月下逢。③

一枝红艳露凝香，云雨巫山枉断肠。④

借问汉宫谁得似，可怜飞燕倚新妆。⑤

名花倾国两相欢，常得君王带笑看。⑥

解释春风无限恨，沉香亭北倚阑干。⑦

注释

①清平调：乐曲宫调中的两种。古乐取声律高下，合为三调：清调、平调、侧调。这里是玄宗指令李白进清、平二调，不用侧调。②云想句：意谓看见云就想起杨贵妃的衣裳，看见花就想起她的面容。露华，露水的光华。③群玉山：山名。神话中仙女西王母所居之地。瑶台：西王母的宫殿。④一枝二句：这两句以牡丹比杨贵妃的美丽，以楚王衬玄宗，含有古人不及今人之意。⑤借问二句：意谓以美貌著称的赵飞燕还要靠着新妆才能和杨贵妃相比。⑥名花：指牡丹。倾国：美女，指杨贵妃。⑦解释：解散消释。沉香亭：以沉香木修建的亭子。

译文注释

彩云是你的衣衫，鲜花是你的容颜，春风吹拂栏杆，牡丹艳丽，露华更浓。若不是群玉山上的神仙出现，就是瑶台仙女在月下相逢。

一枝鲜艳的牡丹沐浴着雨露凝聚着芳香，云雨中的巫山神女使楚王白白相思断肠。请问汉宫的美女有谁能相比？可怜赵飞燕还得依靠新妆。

名花和美人都为君王所爱，常使君王面带着笑容观看。顿时消散了春日无限愁恨，当她在沉香亭边倚着栏杆。

背景故事

李白是盛唐时代最有名的诗人。他从小就聪明好学，自称"五岁诵六甲，十岁观百家"，胸怀大志，一直想要凭借自己的真才实学报效祖国，为朝廷出力。

在他 42 岁那年，受到唐玄宗的召见，被封为翰林学士。其实翰林院的才子们，并没有什么真正的职责事务，就是为了应制而设的。诗人却误以为这是皇帝给了他施展才华抱负的机会，所以就极力迎合玄宗的要求。

当时玄宗最宠幸的妃子就是杨玉环了。他常常为了陪伴佳人而不理朝政。因为杨贵妃爱游玩作乐，他也就常常到处闲逛，有时带着李白，只为了让他作诗助兴。

有一天，宫中牡丹花盛开了。唐明皇带着杨贵妃来到兴庆池东边的沉香亭赏花。明皇叫乐师李龟年选十六个能歌善舞的弟子前来助兴，并宣布："今天既然赏名花，就要咏妃子，不能唱那些老调子了。"于是又命李龟年去叫大名鼎鼎的诗人李白，来宫中当场吟诗，供他们歌唱。

李龟年派人到翰林院去召，说是一早到街上喝酒去了。于是又逐个酒馆里找去。找了许久，只听一家酒馆里面传出醉醺醺的唱歌声："三杯通大道，一斗合自然。但得酒中趣，莫为醒者传。"进去一看，正是李白。

李龟年上前高声道："奉旨宣李学士至沉香亭见驾。"可是李白仍然不理会，还摇晃着脑袋说："我醉欲眠君且去。"李龟年无奈，命人抬着李白下楼，总算放到马上驮回去了。玄宗让人给他灌了醒酒汤，命李白做几首新诗歌咏牡丹花。李白一听让作诗，还要求玄宗赐酒，说自己"斗酒诗百篇"，醉后诗写得更好。于是唐玄宗赐酒，李白听命赋诗。做的就是这三首《清平乐》。

这三首诗时而写花，时而写人，言在此而意在彼，语似浅而寓意深。

第一首赞杨贵妃的美丽。起句连用两个比喻，以白云和牡丹比喻杨贵妃的服饰容貌美艳动人。两个"想"字一笔两到，把唐玄宗此时最为得意的"名花"与"爱妃"巧妙地联系起来：天上那多姿的彩云，犹如贵妃翩翩的霓裳，而眼前娇艳无比的牡丹，恰似贵妃的花容月貌。接下来的诗句既是笔笔是花，又句句写人。在明媚的春风中，亭槛下，那风华正茂、光彩照人，展示着造物绝妙手笔，使唐玄宗心驰神往的到底是怒放的牡丹，还是貌若天仙的美人？抑或是两者相得益彰，互相媲美？接着诗人放开笔墨，从眼前实际的景物移开，转换成天上仙境，说这样美若天仙的女子，如果不是在群玉山中见到，也只应该在瑶台仙境碰上。言外之意，这种难得的盛事，即"赏名花，对爱妃"所带来的极大的感官享受与心灵美感，不是一般的俗人所能想象的。诗人将杨贵妃比做娇艳的牡丹，又比做瑶池天女下凡，雍容华贵，巧夺天工。

第二首写杨贵妃因貌美而备受恩宠。首句以带露香艳的牡丹花来比杨贵妃，含有牡丹花承露，也如同杨贵妃受唐玄宗宠幸之意。次句用楚王和巫山神女相会的梦境，来反衬杨贵妃被玄宗宠爱之深。巫山神女和楚王只是梦中欢会，而现实中的杨贵妃则是"三千宠爱在一身"，所以连神女也不如杨贵妃幸福。最后两句又用赵飞燕受宠于汉成帝和杨贵妃相比，说赵飞燕美貌还得依靠浓妆淡抹，哪里比得了贵妃不施粉黛"天生丽质"呢！这首诗着重从传说与历史两方面，抑古尊今，既赞美了杨贵妃的非凡气度，又突出了她在嫔妃中至高无上的地位。

第三首写唐玄宗对杨贵妃的无限宠爱。李白不再借用比喻、传说、神话等手法，而是放笔直书，牡丹乃国色天香花，杨贵妃是倾城倾国貌，诗人用"两相欢"将其与盛开的牡丹相提并论。而"带笑看"三字又将唐玄宗融入其中，使得名花美女与君王三者合一，缺一不可。如果没有君王的关爱与恩泽，花草也罢，花容也罢，哪来如此的风光和体面？"春风"一词历来可以用作君王的代名词，所以这里是一个双关语。说君王心中哪怕有再多的烦恼，只要和贵妃一起来到这沉香亭畔的牡丹园中，也会被化解得无影无踪了。这首诗运用的艺术手法主要是比拟，以牡丹与春风的和美比拟杨贵妃与唐玄宗的恩爱，十分新颖。

在三首诗中，李白把牡丹和杨贵妃交互在一起写，花即是人，人即是花，人面花色交融在一起，蒙受着玄宗的恩泽。因此，一看到诗歌，玄宗和杨贵妃就非常喜欢。当下就命李龟年等人谱曲演奏起来。李龟年立即配上曲调，让歌女们唱起来。一曲唱罢，明皇乐不可支，兴趣盎然，起身拿起一支玉笛，亲自为第二首伴奏。

乐声又起了。满园牡丹在微风中频频点头，歌女的裙带上下飘飞，明皇又沉浸在李白诗的情趣之中了……赏花之后，杨贵妃还常常独自吟诵这首咏牡丹也是咏自己的诗，心中很得意。

纵横驰笔的李白作诗的本意是讨好杨贵妃，根本想不到这几首诗最后害了自己。原来李白平时为人傲岸，很瞧不起朝廷里那些奸佞小人，把杨贵妃宠幸的太监高力士给得罪了。高力士一直嫉恨李白，总想找机会为难他。后来，就借这三首诗在杨贵妃面前说起李白的坏话来。

有一次，杨贵妃在读此诗时，高力士见旁边无人，便凑过去对她说："李白在这首诗中讥讽娘娘，你没有感觉吗？"

贵妃不解地问："怎么见得？"

高力士答道："西汉成帝的皇后赵飞燕私通宫外男子燕赤凤，干了许多见不得人的勾当，她怎么能同娘娘相比呢？"

杨贵妃一听，脸红到了脖子，原来她同安禄山有私通关系，她认为李白指桑骂槐揭露她的隐私。从此她对李白怀恨在心，同高力士串通一气说李白的坏话，加上唐玄宗对李白的诗文也渐渐地失去了兴趣，李白受到了冷遇。李白几次上书皇帝要求返乡，唐玄宗正好顺水推舟，赐他一笔钱让他走了。从此，李白又过上了到各地漫游的生活。

红豆的相思苦

相思

王维

红豆生南国，春来发几枝？①
愿君多采撷，此物最相思。②

注释

①红豆：又名相思子，一种生在岭南地区的植物相思木所结出的籽，像豌豆而稍扁，呈鲜红色。②采撷：采摘。

译文注释

红豆生长在南方，新春里不知生了几根新枝？希望你多多地采摘，这红豆最能表示我们的相思。

背景故事

古代有一位女子，因为丈夫死于边地，于树下痛哭而死，化作红豆，于是人们称它为"相思子"。红豆产于南方，色泽鲜红，玲珑剔透，其形其色，令人怦然心动。古人经常把它当做相思的凭证和定情之物，唐诗中常用来表示相思。这种相思，不仅是男女情爱，也可以是朋友之思。

唐代诗歌名篇经乐工谱曲而广为流传者很多，《相思》就是王维制而梨园唱的绝句之一。王维和友人离别后，有一天看到了南国红豆，想到它最能寄托对朋友的相思之情。红豆到了春天会增添多少枝叶，而远在异地的朋友也会产生几多相思之情？诗人王维希望远方友人珍重情谊，也希望友人多采摘红豆来寄托怀念之情，因为只有红豆才最惹人喜爱，最叫人忘不了，极能象征人们相爱的心情啊。

这是一首借咏物而寄相思的诗。起句"红豆生南国"，因物起兴，语虽单纯，却富于想象——南国也是友人所在之地，想起了红豆也就想起了友人。第二句"春来发几枝"以设问寄语，衔接自然。这样的一句问话是意味深长的，明里是问红豆发了几枝，暗地里却是在问相思几许。第三句"愿君多采撷"，仍在和友人对话。一句殷勤叮嘱，是在暗示珍重友谊，表面似乎嘱咐友人勿忘相思，背里却深寓自身相思之重，不说自己相思，反嘱别人相思，相思之重又添一重。最后一句"此物最相思"是对前句"多采撷"作的解释。

这首诗巧妙地借助红豆的象征意义，委婉含蓄地表现出了深长的相思之情。全诗情调健美高雅，思绪饱满奔放，语言朴素无华，韵律和谐柔美。

据说，"安史之乱"爆发后，唐玄宗仓皇逃向蜀地，当时著名的音乐家李龟年流落湘中，曾在为采访使举行的酒宴上演唱了这首《相思》诗，听者无不动容，都望着唐玄宗奔逃的方向流泪叹息。